U0164728

天解

薛穎言 ——

著

目錄

作者序言

萬事世情似無常卻有常，其實凡事總有根據，正如人行亦必踐其跡。

所以人老了當要如牛反芻，上半生所發生的事，至今竟仍然深刻銘記，它們在夜闌人靜、趁你上床入寐之前竊竊上演。你看得多了，自然感覺如此爾爾，見怪不怪，能看穿如那被膠著的一切前塵往事，方才發現它們無一不熟口熟面、如出一轍。

你曾經涉入每事之中，初生之犢乃至一顆天真爛漫的心靈曾被外事上下其手，搞亂左右，其實這一切可免則免，你為前事縈繞至今，究實又何必？

人的心溫本來微暖，人應該自得其樂、自求多福，可是當遇上棘手難纏之事，心收緊而變得警惕，它的溫度漸為微涼，甚至於炎冷。

　　你多愁善感，易喜易悲，心溫恆常因情緒起伏而變得高熱沸騰，就這樣，當你面對那些有根有據、有跡可尋的人為和事件，你循內心所看到那些外界的一切，自會變成浮誇難以掌控，「世事無常」之感在你心裡油然而生。當外事看似無常並向你反饋的時候，它遂成為你心增溫的燃料或助燃劑，這時候，你因為從內向外發出投鼠忌器的心態，外在復轉內向你的心杯投放入如弓戈一樣的蛇影。

　　你的人生充滿著無可終日的惶恐，面對著疑幻疑真的人物，他們早已置你於煞有介事的境地。你不斷向前，不斷逆流而上的人生，兩岸的風景從現實被你扭曲作直，它們總是如此的虛幻。

　　你向來所經所遇，本來循時間不斷過去，成為一條按著歷史推陳出新的現實鏈，可是你從未曾真正掌握過它們的實在之處，任由它們像流沙一般從股掌之間不斷流走。所以你每天所經所遇，對你來說並不復為歷史的延續，它卻是如此的陌生，足教現在的你積習難改，故態復萌，以小聰明發展出今天改良版的投鼠忌器態度，去對人對事，並將堆疊起來的情緒轉化為無法化解的煩惱。

煩惱源於情緒，情緒折煞理性，情緒化的人在缺乏理性的情況下當面對現實自然不解。所以你的煩惱並沒有真實的對象，那對象的真實之處，早已被你的情緒蒙上陰影。

如果你已習慣了情緒化反應，缺乏能力去強化本身的理性，以事實的根據作引導，然後酷冷的心境順藤摸瓜，緊抓住問題的核心之處為問題定性並作出合理的解釋，情緒只會上下跌宕，它所衍生出來的煩惱堆積交疊，現實於此，對你來說永屬虛幻。

你試圖為煩惱作解，可知解釋不在天不在地，不須求神、毋庸問卜，它徘徊在你的情緒和理智之間，最終還要靠情理兼備去找出答案。

還有，也許你的多愁善感是種難移的天性，在變得開朗豁達、樂天知命之前，你先要懂得如何開解自己，凡事以天作解、托付於天，總較嘗試改變頑固的性格，來得容易。

薛穎言
寫於香港
2023 年 2 月

讀者來信

我追蹤薛穎言老師的專頁已有三年時間,拜讀過他的文章亦相當不少,每天早上閱讀哲思散文,已成為我多年的習慣。

薛老師的文章具啟發性,筆下一個普普通通的日常事能引領讀者進入無限的思考領域。他敘事能力強,當嚴肅起來時,一篇像論文一樣的哲理文章足教我一讀再讀,讀後如牛反芻,我除了從中受益之外,彷彿感覺薛老師的思想意識和推理立論別樹一幟,播諸四海皆準。

薛穎言老師這類作家,在文學界中甚為少見,他無私分享作品,開宗明義旨在合併哲學思考和散文文學,從不同故事篇章、情理兼備的説理文,為廣大讀者提供寓閱讀於思考的好機會。

《天解》是薛穎言老師又一力作，我作為他的台灣讀者，受邀為他的新書寫序，深感受寵若驚，對薛老師的文字、技巧、文章立論，與時並進的前衛思考，他身為作家的深厚底蘊，毫無疑問，敬佩萬分。在此向廣大讀者推薦薛穎言老師的新作《天解》！

尹耀華

來自台灣新竹的讀者

2023 年 2 月 6 日

編輯手記

　　《天解》是薛穎言老師的第三本散文集，亦是我與他合作製作的第二本書。在書籍的製作中，我們一起討論文章的編排、書籍的設計，甚至是後期推廣的想法。這過程中我不僅知曉薛老師對於自己作品的認真，還了解到他對文字創作的想法。

　　薛穎言老師很善於運用中文文字的奧妙，每次書名都是兩個字的組合，拆開又各有其意。是次新書名為《天解》，拆分開來便是「天」和「解」二字，而由此延伸出整部書稿的兩個大篇章。此外，書籍亦無過於花哨的設計，只是遵循一種切題的簡約風格，卻有一直沿用的符號與範式。

　　薛老師鍾意用第一人稱寫故事，彷彿將自己代入一個又一個完全不同的角色，去經歷截然不同的人生，體

味酸甜苦辣的人生況味。他筆下的許多故事擁有類似歐·亨利式的結尾，給人意料不到的轉折，但想深一層又覺得合乎情理，這種寫作手法極大地增加了閱讀的趣味。除了故事文，薛老師的哲理文往往從不同的角度切入，進行發人深省的論述，冀引發讀者從多角度去思考和審視自身的生活，人生的答案並非只有一個。他的筆觸亦常常聚焦於社會弱勢或者底層群體，文章的哲思充滿了人文關懷。

因驚訝於他的高產，我曾經問過薛老師關於他的寫作習慣，以及寫作靈感源自何處。他說自己的文章全部都在腦中，有時文思泉湧、下筆如有神，一篇故事短短時間內便可完成，因此每日都堅持有文章產出，並發佈在社交網絡。他話從來不會因靈感枯竭而寫不出文章來，反而寫得越多會越來越好。

當我知曉許多年前薛老師放棄了所有受僱工作，決心專心從事寫作事業，便心生敬佩。在這個文學式微的年代，這是一件很可貴的事情。新書以《天解》為名，頗有「知天命」的意味，不是聽天由命、無所作為，而是謀事在人、成事在天，在謀事的過程中仍然發憤忘食、樂以忘憂。

　　薛穎言老師的新作《天解》將於這個春天付梓出版，
希望此書能夠引發讀者們的共鳴，帶給大家閱讀的樂趣
與人生的啟迪！

Margaret

2023 年 4 月

《人人皆可成富》

　　小小成功若以微距察看，它被你視為微不足道，亦不外如是。可是呈現在你眼前的大成就，當它被分割開來去仔細剖析，你會發現它從底層到尖頂，竟就如一座高塔的每層一式一樣地被疊高起來。

　　匯水成河，聚沙成塔。水要被解開來便是一點一滴，沙礫雖然細小，但是以不同方式去建構出沙丘和崇山峻嶺。

　　你我的工作被刻意地分鑿成沈悶又重複的小工序，差使少少便足以使我們自感卑微。

日復日埋首苦幹教我們謹小慎微、眼界短淺，大近視防礙我們高瞻遠矚的能力。原來我們這邊廂只管眼前所謂的瑣碎事情，那邊廂大成就像個初生嬰兒呱呱墜地，它被我們綿綿不斷的努力持續育養，漸漸塑造出巨人的雛形。

　　不問收穫，只管耕耘。我們每天應該低著頭工作，當時機成熟，所做的工作亦變得滾瓜爛熟，大器晚我們成，擱下了粗重的工具，抬頭一看使人嘖嘖稱奇的，將會是我們一手經營卻從來意想不到的大成就！

　　苦盡甘來，人嘗苦久了要改變心態，就像愛吃苦瓜的人總會整色整水，將本來不好吃的味道巧妙地轉化為桌上佳餚。

　　人生便是漫長經歷，人生並不一定苦因為沿路漫漫風景盡收眼底，它們足以分散注意力，從而減輕了我們腰腿因長期勞碌所感覺到的酸痛。

　　也許有人會說：「當我見人富貴而自己的生活卻是杯水車薪時，我會問問老天爺為什麼？」

　　其實人窮原因多的是，每個原因卻是鑿鑿有據，想深一層人應該怪的是自己。反而飛黃騰達、富貴榮華背

後的原因莫衷一是，人富我不富只能說是天意按序施予，厚德方可載物，沒那種命的人要去承受大財富將會是無福消受，受了亦不會長久。

　　人要是厭倦了現在所做的工作，如此觍腆又逆來順受的心態絕對不會帶給他們任何真正的財富。其實財分正偏，如年中有什麼急財進賬，足使你不務正業，希望追逐這隨機性的財運而放棄本身的工作，你將要面對雙輸敗北。因為從來正財方使人達小康小富，偏財朵朵雲霧繚繞，一覺醒來它將煙消雲散。

　　「君子當務本，本立而道生。」

　　做好本業，處於弱勢不逞強，心情低落便不是解決問題的好時機。摒棄自怨自艾，見人富貴自心生羨妒之心，對人永遠要抱有熱誠，對事處之泰然懷著盼望，能做到這樣的話，上天必按序使人人皆可成富。⬥

《一大於零》

但凡付出，必有收穫。

當付出會痛，痛本身會轉化為一種堅強心智的力量，若你堅持繼續付出，努力去付出，痛楚於你將變得不外如是。

你為著付出心力、感情以至你的所有，時刻感覺猶豫不決，因為種種經歷總給了你一個似乎肯定的結論：但凡付出，必換來痛苦。

付出而有所獲，和付出換來痛苦，邏輯上可被演繹為收穫和痛苦共生共存，兩者之間是個等號。可是什麼包含著價值之事從你的付出

之後獲得，皆可被擴大發展至無窮無盡。反而痛苦極可能只是暫時，直至不久被適應、克服，最終消弭怠盡。

所以但凡付出，得到的永遠大於痛苦，得到的必可歷盡千秋萬世，反而痛苦定有日可止。

但我仍然看見你雙臂交疊，緊擁著懷裡的一切，而吝嗇於為人付出些微。你對我說：「你錯了，付出未必有所得著，白白付出了，不僅是一廂情願，浪費感情，最終只會是有苦自己知。」

當你用力將回力鏢擲出，眼前除了空氣，你遲遲不見得有什麼回報，只因為回力鏢飛得很遠，你的努力成為落空的假象持續太久，在尚未等到回力鏢重返之時，你已下了定論，總以為付出必成徒勞。

「付出即使會痛，它必有所獲。」是一廠可以話語道出的真理。如你說，若果付出終成徒然的話，這偽命題的本質無疑是一等於零，甚至是一小於零一樣，何其荒謬亦言不及義。

《信海》

孟子曰:「天將降大任於斯人也,必先苦其心志,勞其筋骨,餓其體膚,空乏其身,行拂亂其所為,所以動心忍性,增益其所不能。」

孟子這句話真確。

我的前半生,像一棵陰木,先被貧窮砍劈,再受長期病患鋸切,我天生多情善感,自然感覺世態冷酷炎涼,自小我行我素,無人可語。經歷幾十年歲月磨蹭,及至四十元歲,始在業餘進修課程中,巧遇上一個在課教授的老師,他一語中的,為我模糊的人生中打開了一扇光明大門。

　　是我主動找他傾訴的，他認得我亦知道我。他說：「不憤不啟不悱不發，你來了，我自然為你疏導。你外表殺氣騰騰，相反內心充滿著善良，而且你天資聰穎，能舉一反三，遇到任何難題總可抓著重點，將極重之事憑單手一揪而起。可造之才毫無疑問，可是你缺信，一顆支離破碎如朽木製的心靈曾經受過反覆砍伐，唯對天神的堅信，你未來的日子始可遇堅克堅，多少崎嶇坎坷、曲折離奇，從此只會為你增益強化，一生之路途免受困難所桎梏。人生於你，較過往悲壯的經歷，必定有翻天覆地的變化，你的餘生將從苦變甘，苦盡甘來。」

　　老師的話對我來說是久旱逢甘露，當刻我信心滿滿，半生營役、勞碌、受難、受困，從此得獲重生，憑藉老師寥寥可數的幾句雋言，我終於找到人生的新方向。

　　我決定放棄進修課程，工餘時撥冗研究聖經經典，每逢週末又上教會聽道。我覺得經典書籍可教人受用終身，它們不費分文，得來俯拾皆是，裡面載著的通通是安身立命人生至理，可是但凡稱得上是播諸四海皆準皆活的真理，其書籍卻通常被人忽視、否定甚至唾棄。

每次我揭開經書細讀細研的時候，就好像被天神洗禮一般，內心深處那種豐沛感、釋懷感和對未來的盼望與日俱增。信、信仰帶給我意想不到的改變，從前我和朋友們、同事們、家人們的心病和隔閡遂被拉倒戳破，我的工作從困難重重變成順遂亨通，生活上從拮据困頓開始漸入佳境。

這一切的改變，我不當作是奉旨而來，我認為我這人生的大轉勢，完全因為我對神的信仰而來，信是一道橋，它促成我和天神的往來和溝通，以至作為我的需要和上天的賞賜之間，一條永恆通暢的輸送通道。

我在教會裡認識許多信眾，他們上教會的頻繁程度比起上班工作有過之無不及，同樣是各種崇拜和團契的中堅分子，在各種活動中，他們表現活躍。我沒有他們好動，也許我性格比較內向又不善言辭，往往在眾人面前說話，我害羞得有口難言。

教會中各種各樣的活動，從來我只會選擇一些被動性質的去參與。久而久之，部分向來活躍的教友們見我是個漏網之魚，會主動親近我，對我噓寒問暖，乃至邀請我參與一些教會以外的聯誼活動，就好像野外燒烤會、

火鍋飯聚、家庭互訪之類。從這些宗教信仰含量較低、純粹高興熱鬧一下的友聚中，我感覺部分教友在日常生活中判若兩人，他們嘴巴中經典金句振振有詞，內心卻不存在任何「信」的蛛絲馬跡。

他們都活在憂慮中，不是憂錢，便是愁工作上沒有晉升機會，不是為兒女的教育煩，便是為個人恆感患得患失。體健的年輕人誓要在社會階級中力爭上游，他們嚮往名利物質；年長的患病的人東敲西扣遍尋醫治，弔詭地對醫生處方藥物亦會半信半疑。

這些人最怕別人的眼光，最介意自己在別人眼中如何如何，他們擺脫不了世俗讚譽，設法使自己成為社會上、教會中受人尊重愛戴的人物。他們對金錢的敏感程度遠遠超過不信神的人，性格過度吝嗇計算，同時又斤斤計較。

我認為真信者絕非如此，信的話，信的人，必會相信天神永遠按需供應，人永遠不致缺乏。信則有，不信者就連所擁有的一點點也會失去。這些人在我眼中，言談間行為上最戀世，究其實他們口中所謂的信，是在信什麼？上教會聽一世的道，到頭來又信過多少？

今天下午，我回到成人教育學院，專程探望一下我的啟蒙老師。我將這幾年來在教會裡的所見所聞，部分教友趨炎附勢、趨譽避譭、戀俗拜金等事，一一告訴老師。

老師說：「不信的人就該多上教會，動機不純的更要熱衷於教會各項活動。也許你會看到許多教友對信仰一知半解，他們的心念和行為與信仰大相徑庭，可是這些人一時未信，並不代表他們永遠不信。」

我問：「形式上的信，不就等於附庸風雅，以虛偽的方式接近神聖意圖一親芳澤嗎？」

老師說：「信仰的大門是常開的，福音道理是免費講述的，有些人上教會，聽道理並習之以恆，可是行為上心念上並沒有因此而發生任何改變，其中一個原因，是他們愛聽愛參與，從聽道心裡舒服獲得安慰，從忙著參與群體活動期間，乏味的生活得到充實，至於他們信與不信，真信假信，並不由你去評斷，你亦無法單憑細察去貿然分辨真假。」

我不服，反問老師說：「那麼怎樣才算得上是真信？」

老師說：「真信必定是恆信，對所信仰的天神堅信不疑。你說某些教友趨炎附勢、利慾薰心，因為他們物質上擁有得太多，瑣碎的事情亦太繁重，當信心被俗事團團圍住，信便成了偶爾為之，時信時疑。反觀你清心寡慾、兩袖清風，內心未被遮蔽，天神和你的互通，自然就似明月照心海，神在你的內心世界便無可置疑、一目瞭然了。」

《能力才是關鍵》

移動中的物件，它向前推進所需要的能量、它的重量和前進速度，通通可憑觀察客觀地記錄，或使用精密的儀器逐一量度，並歸納以一條永恆不變的物理方程式，極簡地演繹出來。

即使個別數值譬如重量等，可因應任何情況產生變化，你必可發現組成那條方程式的其他變值：能量值和速度值，亦自然地、等量地緊隨著變化起來。

假如一件物件非常重，因其底部和地面接觸，當被移動時所產生的摩擦力便相當大，物

件向前推進的速度必定會慢。為使它加速向前移動，你便要大大增加從物件背後所使出的推動力。於是你以俯身蹲趾的方式將重物推前，你這樣的動作無疑將自身和物件合併為一，你對之施以推動力，相當於分擔了物件本身的重量。

物件從完全靜止的狀態向前慢移，它在原點時被稱出來的重量，直至被移動推動時，有過許多騰空離地的瞬間，移動中的重物忽然變輕了，它的重量遂無法被準確量度。物件被你推移，從慢速到高速向前推進，它由重變輕，無論它有幾重，你只要為它加注力量，它將由靜止不動，漸以慢速前行，你的力量越大，它向前推進的速度自然越快。

能量與速度的關係由此可見密不可分，而無論重量如何地變，並非關鍵，它只充當一道制約速度的桎梏。

我們可能都不是物理學專家，恐怕亦沒有愛因斯坦的天資，可是愛因斯坦這百年不遇的物理學巨擎除了為我們在廣義物理學領域作出重大貢獻之外，在哲學上，他亦開闢出一道啟迪人思、教人受用非常的至理。

愛因斯坦序列出一條廣義物理學的方程式「E=mc^2」，意思是「動能＝重量＊光速的二次方」。

　　當這條方程式被引用至哲學，重物之重可譬喻作「m難事」，「E能量」好比我們付出的努力，「c速度」是難事從靜止狀態至終被成就那可長可短的為期。

　　「E=mc^2」愛因斯坦輕輕一拋，便套住了圍繞著千頭萬緒的物理學理論的癥結，明明倒轉來讀亦通，他卻刻意將「E能量」放在公式中等號的左邊，意味著能量或能力是個「自變值」，反而「m難事」、「c速度」被置在等號的右邊，它們代表著「應變值」，是應對著「E能量」而改變的兩個數值。

　　無論事有多難，它只是個一的單位倍數，為求可在短時間內解難成事，當將愛因斯坦的理論哲學化，能力才是要決，它是成事之關鍵，別忘記能力是個隨自身而變的自變數，它可循自強而變成無可限量。🐾

《盼望將遠景轉化成觸手可及》

憑心去看，叫做望。

望固然是靠眼睛向前觀看、遠看，但望總帶著心態，人望向遠景，看出來的景象恆常被當時的心情左右。

望這個簡單舉措，性質被動，它充分反映出人和外界的一事一物之間，永遠存在著一道隔閡。有時候，鑒於前景之不明朗，你自問什麼都做不到，只能主觀地以觀望的態度，靜察外在客觀事物的演進和變化，然後再作打算。

因為你深明若你貿然妄動，縱使有所得著，與之同時將損失多少、要付出的代價，恐

怕無法為你所料。換言之，往往當你對未來之事尚感束手無策，你毋以自身的行為和與外界作任何連結，作何種干預，或以任何手段使自身和外事有效地結合起來。

其實你足智多謀、滿肚密圈。你早有準備，亦無畏無懼、隨時隨地為目標伺機出擊。但當考慮到時不我予，你唯有靜觀其變，蓄勢待發。

長期的觀望扼殺了你勇往直前的決心和志氣，你從觀望的態度，轉化成為對一切好事到臨的一種否定，你對未來失去信心，觀望之心遂發展成對未知的仰望和奢望心態。

你就像一個俠士將寶劍收回劍鞘之中，寶劍對於你來說，自此成為腰間的一個裝飾品，它沈重累贅不便於攜帶，甚至使你感到負累。

仰望是對不可得之事物仰之彌高，奢望更是對擁有美好事物徹底否認的悲觀心態。

你從起初熱切地期望，至挾著冷卻了的心去維持長時期的觀望，及至後來因自卑自菲的心態，催生出對凡事的仰望和奢望。

　　此刻的你，對於伸手不可觸及的一切事物斷然採取放棄的態度。你不僅對將來不抱任何希望，你甚至認為希望必然等於失望。

　　可知對沒把握的事，你充其量只可抱有懷疑和不置可否的態度。你信心雖說匱乏，亦曾量力而為，可是就未知之事情所尚存之變數，你決不能完全否定，甚至於絕望地視它為終究不可被實現。

　　當你從期望轉為觀望的態度，隨著心態上漸漸變質為奢望、失望甚至絕望之時，你總要及時說服自己，讓盼望向內心切入，藉著改變你的心態，為你對前景作出徹底的改觀。

　　盼望之心促使你看到密佈烏雲之間的曙光，憑這正面的心態去重新觀看事物，你將會排除內心對一些不明朗因素的武斷誤解，從而找出自身與外在環境相融結合的契機。

　　盼望並不真是一種憑眼睛觀察的行為，它是就未知之遠景，以正面的心態作觀察和判斷。唯有藉著盼望，一切未知或自以為不可實現之事方可獲得正面的解讀，它終究還是會成真。🌢

《倔強的情格塑造出困難的現實》

　　若現實是唯一的事實，它要是完全客觀，為什麼當我和你要面對同樣性質之事情的時候，我們當下的心情，會是截然不同？

　　當晚，我們一起參加一個生日聚會，場地是個播放著強勁音樂的酒吧，我看到你樂在其中，人人都與你傾談，除了當晚的壽星公之外，你毫無疑問是場中的第二男主角。

　　而我呢？那裡人越多越擠迫，場內越是嘈雜，我便越感難受，越是孤單。有時候什麼事情若是理所當然，究其實並非必然。

人多的地方，我沒有內心的豐富感。反而獨自一人，我會自得其樂，萬事恰到好處。

生日會中有許多人拿著酒杯向我趨近，他們我無一認識。他們主動和我說話，說了什麼，我過了一陣子，便無法記起。我對他們只回了幾句話，即感夏虫不可語冰，他們實在非我族類。

在那裡逗留了只一個小時，是我不懂禮貌，我在眾人不留意之際，偷偷地推開酒吧的玻璃門，悄悄地離去。

其實我每逢晚上外出活動，毋須向任何人交待，我這人比較罕有，是個獨居而又未婚的中年人。

類似剛才的生日聚會，是我平生最討厭的社交活動。因為我愛獨來獨往，我從來不慶祝生日，就算是慶祝，我也只會穿得特別四正，黃昏時分獨自出去吃頓好的日本料理，或者紅酒配件十六安士安格斯牛排，用兩三千元買些我喜歡的東西送給自己作禮物。

我在人多嘴雜的地方會表現得木訥嚴肅，對別人的態度會直率而無禮，脾氣不好時，什麼人叫我看不順眼，我更會對他破口大罵！

我覺得自己屬於深海，他們都擱淺於淺灘。我是南冰洋中的巨鯨，生活自在隨意，無拘無束。若有人硬要拖我到淺灘游弋，我會頓時呼吸困難，甚至於窒息而死。

　　我離開酒吧時，已差不多是凌晨時分了。我獨步至鐵路站，打算坐尾班地鐵回家。忽然，有人在後面拍我膊頭，我回頭看，是剛才聚會的那個第二男主角。

　　「忠，你這樣不好，主人家知道你不辭而別，他會小器，會記住的。不如你和我一道回到酒吧，陪他吃過蛋糕，祝過酒，你才回去！」他長得胖，我們都叫他做肥仔。

　　「我知道你的好意，我再留在那個酒吧，我會窒息的，我現在離開了，才感覺好一點。」我說。

　　「今晚的壽星公是個大人物，你知道嗎？他財雄勢大，開罪不得。」他續說。

　　「你回去陪他吧，我先走了。」我開始變得強硬，對肥仔說話的聲音也響起來。

　　「忠，你這性格倔強孤癖，你就不怕窮死一世嗎？」肥仔大罵！

「肥仔，我這二十年裡，的確是轉了無數份工作，同時我亦相信我會越做越霉，一直轉換工作下去。」

「你剛說的話證明你有自知之明，既然你明白自己的缺點，你願意改變一下自己嗎？這樣會對你好一點。」肥仔說。

「肥仔，情格塑造出現實。我改變不了我的倔強，它便給我衍生出非一般人能面對的困難的現實。」

《思變之心，最接近於事業之最低點》

　　你說你的事業正在走下坡，而這向下的趨勢已維持了好幾年。你有過幾次力挽頹勢的機會，但事業總體仍趨下行，它未曾因為你的努力，而有過什麼改善。

　　任何事物向下墜落的軌跡，永遠是最直接且最短，它從最高處墜下的動作，直至觸碰到地面的最低之處方會停止。

　　物件墜下的過程，有別於你事業滑落的形態，因為你的事業縱然向下走，它卻曾經因著你的努力而復起，它有過載浮載沈的過程，然後一蹶不振地向著谷底沈落下去。

　　這種包含著高低波幅的向下走勢，記錄了你為事業作出過的掙扎。它與物件完全無承托、無浮力的自然下墜完全不同。縱使雙方有著往下走的共同之處，但它們的分別在於你的事業若是下滑，它理應被你曾推它向上之努力，消弭了部分下滑的衝力。

　　而物件如琉璃石瓦一樣，它們的自然下墜，能使它脆弱的本質，當碰到地面時，會即時粉碎。

　　所以即使你相當確定你的事業正往下沈時，你亦要儘量去力挽狂瀾，使你從高處往低處觸碰之時，成了個軟著陸，你仍可保留你的實力，再去靜待時機；若果你見大勢已去，你承認你的失敗，而決定不施努力、徹底放棄，你事業的下墜撞擊力，會直接損毀你原有的實力，使你永無翻身之日。

　　當事業跌至接近最低點的時候，你忽然會有思變的本能。你亟欲避免萬一墜地時所生的劇痛，你於此時的求生意志最強，足使你向下滑的走勢復為向上。

　　亦即是說，思變之心，最接近於事業之最低點。

其實你根本從未曾碰過什麼最低之處，你一早便因為你的靈活多變，從幾乎觸碰到地面之時，及時抽高，重拾事業向上的軌跡。🏐

《桎梏》

其實你已事屆中年，定經歷過多少人生中之起伏跌宕，無論當中有過多少艱苦和折騰你之事，你不僅沒有一沈不起，每每反可重新站起，以更大的勇氣和毅力，昂首前行。

你憑著雙腿走出來的路，所遺留下來的足跡，永遠深刻無法磨滅；你雙手所創造出來的成就，唯你所獨有，無法輕易被取代，無法使人忘記。

無數經驗為知識和智慧奠了基，知識和智慧便隨年月厚積而薄發，你儼然已達到人生的另一境界，你遇事而不惑，聽人言必能耳順，

你如醇酒一樣，經過長年累月的釀製，方得今天的馥郁芬芳。

你的快樂和滿足，從心而來，而不假外求。你已不似昔日的年少輕狂，一時興起，便喧嚷狂歡；稍遇不如意之事，便借酒澆愁。

你的內心，沈澱著歷練和能使你心平氣和的宏慧，你心自發展出一種自我調適、化解內在矛盾的慧能。

你發覺你漸漸不欲言語，遠離世俗的喧鬧無謂。你睡得比從前少了，往往曙光未露，你便摸黑起床；你吃得亦不多，但香煙卻一根接一根，濃茶成為清水的代替品。

你的靈魂不斷膨脹，它消耗了你本來略瘦的肉身，銀髮從你的髮鬢和鬍子長出來，尚處中年的你，這種情況並不常見。

你的聰明使你孤獨，你的智慧能洞悉大部分人醜陋的內心。

你的新陳代謝減慢，體力大不如前，意味著肉身的惰性，無法抵受靈魂持續擴張所帶來的壓力。靈魂和肉身失去了結合所需的和諧，靈亟欲擺脫，肉身漸漸成了靈魂的桎梏。

世上沒有一種哲學，教天資睿智的天才不去厭世。

就如你要用鉛筆寫一手好字，當筆寫鈍了，你自然要將它削尖，你一直寫下去，以你的書法天才，必能寫出一篇漂亮的鉛筆字來，但那支原來有七吋長的鉛筆，慢慢地被你削盡，一直到它削無可削，體無完膚了。

《如釋重負》

　　走過的路實在崎嶇艱辛，凹凸不平的路面、微微陡斜的山坡單靠雙腳行走實不足成事，我手足並用爬上那些幾乎不可能的曲峰，肺部和心臟的機能得以發揮至極致。

　　其實徒步走過每段山路，想起來艱難，我反覺得人只要有著不畏艱辛的意志，當大膽跨出第一步，而後第二步、第三步，以至第千萬步，困難的感覺自會變得麻木，歷歷在目的進程所帶來的滿足感，足以抵消身心俱疲的感覺。

至今旅程漫長、遙遙路遠我早已捱了過去，百感交集的滋味湧上心頭，我深信僅僅此征程表面上似得著甚少，想深一層，我胸懷強大的能耐恐怕無人可比，稱得上是能人亦有所不能。

　　能者多勞，庸者多逸，我認為所謂能者，除了要具備大能外，還必定曉得苦中作樂，走起遠路來免不了勞逸並程。我每走完一段路，會以階段性勝利作定義，必定會找個地方好好地坐下來，享受一下熱飲美食，欣賞一下從未見識過的美好風景。勞過便要有獎賞，當走路是種折騰，我稍事歇息，以美點佳餚自我獎勵，這種做法無疑就是種自設的賞罰制度，我一直因循著這樣行之有效的自律成規，經過萬水千山，如今果然到達了目的地。

　　我最痛恨一直攜帶在身的背囊，作為專業挑夫的我，從開始到現在這一路以來，如果我能捨棄包袱輕裝而行，哪怕千里迢迢復再走千百趟，對我來說都只算是白菜小魚一碟，當中毫無難度。

　　就是背上背囊之後所造成的沈重負擔，我每前行一步，進程便因背上負載而打了個折扣，上下山亦被那千斤背囊拖慢至烏龜爬行一樣的慢速。

　　為了確保客人託付給我的背囊能萬無一失，足足三次我幾乎從山崖上摔至山谷而命喪九泉，為了它，我在日照當空下險些中暑暈倒，後果堪虞。這背囊終能安然無恙被送往目的地，完全因為我視它的安危，比起我自身的性命更重要、更寶貴。

　　都幾十年了，我作為個挑夫為客人搬行李上下山走遠路，一直到現在，我努力維繫的一家人，我盡力保障兒女的幸福，這匹夫應盡之責我已經做出了成就來。如今我老了，兒女都長大了，今趟挑囊上山恐怕是我人生中最後一次。

　　我爬至山腰，一個不小心，那個足有三十公斤重的紅色尼龍背囊竟然摔至山腳下，從前我貧窮，為了失囊我必定回到山下將它重新找回來，然後從谷底開始重新走起，復辛苦地爬上山。

　　可是我現在已不在乎了，雖知道這背囊屬客人之財物，我只是暫時為人帶著保管著的，如今我看到它已墮進谷底之中，卻並沒有往深處將它拾回的意思。這筆工錢不要也罷！此刻我的內心反而如釋重負，我俯視著那墮谷的紅色背囊，然後往那谷中深處吐了大篤口水。

《人總以我有求於他們作假設》

　　總會有一些人，順境時順勢而為，平地上猛力加速，他們越戰越勇、勢如破竹，能掌握大好時機向終點奮進，最終得到很多。

　　命運之流能使人向前推進，靠的是一個接一個、後浪推前浪的壯闊波瀾，人身處命運驚濤，運勢自然起伏跌宕，又有一些人面對著逆境會手足無措、信心盡失，面對著前路難免會進退失據。

　　人從高峰之處急速向下滑，每滑過一段距離，本來擁有的物質財富會不斷從身上掉落。如是者，當他墮入谷底時，人就好像被歹運洗

劫一空，除了衣衫幾件用來遮蔽身體之外，他終將變得兩袖清風、一貧如洗。

失業的日子拖得越長，家中米甕底就好像穿了個洞一樣，坐食自會山空。我努力找尋生計之餘，同時發現那些我曾經視為朋友的，一個個開始疏遠我，甚至離我而去。

人是現實的，我們無一不以本身利害作考量，為人際關係置上緩衝。失業兩年以來，我將日常消費刻意減低，多番拒絕朋友們的飯聚，一直到我無法隱瞞事實，將自身境況如實告知時，原來本身的貧困可以充當一面照妖鏡，相形見絀之下，鏡子竟將他們的自私醜陋照得一清二楚。

我從來沒有向人伸手去取、開口去借，他們知我陷於財困，怕我怕得見鬼一樣。天下之間，沒有什麼比金錢更為敏感，有金有銀的話，人就似塊大磁鐵一樣，將四方人士吸引過來。反之，窮人未曾向人欹側求助，人豈可以我有求於他們作假設，遠避我唯恐不及。

我曾短暫活在幽谷之中，過著瓢飲簞食的生活，我鼓起勇氣以輕身向上攀登，再用了五年時間徹底解決就業和財務問題，運程從此持續復升，我遂從嶙峋山嶺間嶄露頭角，終能獨當一面，從未問人借過一分一毫。

　　大難不死我對朋友的概念一改從前，朋友這種關係冠冕堂皇卻是子虛烏有，當你我所有變得懸殊，身處地位太過參差，你有我無、你高我低，彼此無法同日而語、平視相對，卻還要與對方稱兄道弟，拿朋友為一段教人覥腆的關係作定義，豈不就是自圓其說、貽笑大方？

　　甚或親人，遑論那些所謂朋友，從我中年發富的一刻起，直至我和他們交往起來，我會對他們多作盤算，計過度過才安排見面的機會。回想前塵我折墮過、絕望過，未曾見有人向我伸出援手，就算一句噓寒問暖的話語他們也省得就省。如今我對人採取冷酷無情的態度，往往以實用功利的心態處之，我認為無可厚非，直認是將他們的所作所為完美地複製貼上。

　　別人怎樣對待我，我便怎樣對待別人，我甚至將這樣的做法以獨門哲學看待，在我每一日的生活實踐中，將如此哲學付諸實踐，並發揮至淋漓盡致。

　　有日我老婆對我說，她弟弟消費過度，信債高築要向我拿十萬元應急。我便對她說：「曾幾何時，我欠過人的錢又豈止區區十萬元？那時候我經歷著非人生活，努力去賺錢償還債務，從來沒有低頭向人借問分毫。你

弟弟有手有腳，睡少兩個鐘頭，一日打兩三份工，不消一年半載自可將債務還清了。」

我老婆說：「他哪有你本事？他身體羸弱頂不住兩三份工作的，你念著他是你姻親舅仔，就幫他一把好吧？就如你剛才說的，區區十萬元，借了出去他就算不還給你，對你來說也只是九牛一毛啊！」

我說：「沒有！說了沒有就是沒有！一人做事一人當，一人欠債一人還。這乃天經地義，我這裡不是開善堂的，你不要說下去好了！」◈

《人言》

　　區區五百蚊日薪，足使我坐困在這的士駕駛座上十二小時，雖說開的士是自由工作，做多做少由司機大哥決定，可是若我怠惰不思進取，不去爭分奪秒在路面上多兜幾個客人，莫說那五百蚊不保，就連車租油費亦勢必蝕掉。

　　這個行業就是如此弔詭，開工預付二百八十租金，加上每班加油費大大話話出資四百元作本錢，四百搏五百聽起來有利可圖，可是長期受困於車廂之中，就連放個屁痾篤尿都要忍住，搵食本來就艱難，的士司機生涯稱得上是難上加苦，苦盡亦未必嘗得甘來。

香港的士慣用日本豐田，聽説豐田行足十年，年終無休車子性能亦能歷久不衰，還有日本品牌零部件齊全不缺，車房師傅對車子結構和性能了如指掌，維修成本可控，還有車行普遍有種迷信，是豐田較其他品牌省油，所以幾十年來，的士一直採用豐田皇冠。我作為的士司機從未懷疑過日本車的性能，唯一為人所詬病的是豐田車廠未為司機裝上防打劫的欄護，車廂內駕駛座和副駕駛座，以至後座客人座位，乃全開放式，對身上帶著大量現金的夜班的士司機來説，這無疑構成個人安全隱患。

有見及此，我為保自身安全，自發到亞加叻膠商店，量製了一幅三英呎乘三英呎、厚達半公分的透明板，用來裝在駕駛座的椅墊上，以防行車載客的時候，被賊人用武器捅插之劫。

我沿用亞加叻膠擋板多年，開工時早已忘記了它的存在，的士行家少有我這樣的防範措施，個個笑我多鬼餘。有時候當我載上健談的客人時，他們同樣笑我這塊膠板本來無一物，完全是多此一舉的做法。我被嘲笑議論久了，以為對閒言閒語能夠充耳不聞，可免受潛而默化的影響。可是每當我上班登上駕駛座、下班離開駕駛座時，

我看著那塊自設的防盜板，心自會想：我開的士五年，這塊擋板便形影相隨，被我安裝在這靠背上同樣五年。這五年以來，我從未遇過劫，未曾有人用利器威脅過我，我身上的營業額和找續錢亦未被搶奪劫掠過。老實說，擋板之裝設，乃基於我小心謹慎、以防萬一、有備無患的想法。這些年來，我出車收車，上班下班，向來相安無事。香港畢竟是個法治社會，光天化日下搶劫之事近年來亦相當鮮見，這塊透明板看起來煞有介事、老土礙眼，每逢載客人出出入入，它總成為一種言談和溝通上那可透視而不可移除的隔閡。可是萬一我真的將這板子廢棄，那份不安全感定會油然而生！」

就在這一刻，我發現將擋板和背靠鎖緊的小螺絲竟然不見了，於是我用手搖一下板子，它危危乎就像要鬆脫下來的樣子。

我又想：上天為這個問題提供了無聲的解答！

我從車尾箱取來工具，將板子拆了下來，當完工後，我再循駕駛座一看，心想：還是拆下來好，現在空氣更流通，視野更開闊明瞭！

翌日晚上，我如常取車上班，如今車廂缺少了擋板，果然感覺輕盈俐落。當時天色已晚，我開著收音機，在主幹道上兜客，當開到了佐敦道口，一個男人伸手截車，原來他要往元朗錦田。從南到北，這路程的費用要上三百蚊，像這種高端客人，十日亦未嘗遇上一兩個。這男乘客大概四十多歲，差不多四十五分鐘的車程中，他一直低著頭撥弄手機，沒有跟我說過半句話。

　　終於到錦田了，我問男乘客下車明細時，就在千鈞一髮間，我依稀感覺到一柄刀子格在我脖子後方，鮮血就在那一公分的碰觸之處，緩緩流下。他說：「將身上所有錢都給我，然後下車！」🐌

《父母即是命運》

　　我們的命運早被註定，因為我們都有父母，我們有父亦有母，命運自然是從他們那裡被傳承下來。父母不僅賜予我們寶貴的生命，還有那恐怕終身不移的性格和特質。兒時當我們還要依靠父母生存時，生活在那個客觀環境中，無論如何，我們無能為力，它無論順逆，我們只好無奈接受。

　　既然我們自小和父母相依存，我們的童年自然由他們去編去導而由我們去演，童年在我們的生命中短暫，它卻攸關地主宰了命運的絕

大部分。父母即是命運，他們的命運亦該從祖父母而來，如此類推祖父母的命運當要追源溯古，自然地必由祖先先輩那裡遺傳下來。

命運從古至今一脈相承，我們的自由意志，終一生之力無非是與之較勁，當你我到老正是埋單計數交帳之時，自會發現萬般皆是命，半點不由人。

我們生而為人，有許多攸關成敗得失的個人條件和特質，實並不由我們輕易改變。譬如說我們的姓氏、我們的性別，天資優於哪個領域，遜色於何處？身材高矮肥瘦，生於富貴還是貧窮？……

還有我們的兄弟姐妹是誰，他們對我們的人生帶來何種影響？父母留給我們的精神資產屬何，物質遺產剩給我享受的又有幾多？我們父母的婚姻狀態，兒時家庭是溫暖的還是寒冷的？他們以身作教，究其實教過我們什麼？還是哪裡又存在過什麼拙劣敗壞之處，足使我們步他們後塵或者引以為戒？

不能改變的是父母為我們造就出各種歸因，當它們合併起來便是套住我們一生那無法改變的命運。命運又叫命途，它畢竟是一條固定而無法轉跡的路途，我們對

之無可奈何，無法憑意志力，按照自身的意願為命途逆轉或改變方向……

命運在我們尚未出生之前經已鋪陳，它要我們日日去因循，天天去實踐，直至路盡人亡方會終止。

命運謂之命途，它如火車在軌跡上運行，車軌決定火車前行的路線和方向。假如我們所乘坐的火車朝著錯誤的方向行駛，或沿路無可觀之景，到處禿山荒土，景物灰蒙蒙了無生意，就好比我們的人生潦倒落魄，身處寸草不生的情景感覺厭惡，能改變命運的方法，唯有使火車轉軌，另覓人生的方向……

離開既定軌跡而行，就是當我們身心受挫、諸事不順、陷於頹勢至山窮水盡之時，內心萌生一種置之死地而後生、亟欲改變變革的意志。我們儘可能嘗試從老路另闢蹊徑，遂臨到擺脫壞命惡運的管控和制約之關鍵時刻。

命運由一鋼索通過幾百代承傳，當被你一索緊緊的時候，你巴不得要將之切割斷裂開來。能突破命運的方法，當中涉及相當不容易的手段和因素：先是信仰和德行，然後是風水、體魄、教育進修、千鈞一髮的時機、一段能逆轉人生的婚姻和性格陋習上的徹底改變。

我的人生中有過二十年光景，是在戰場上度過的。無論我往哪裡就業，總會被同事們視為競爭對手和挑戰對象。我到處受排斥、被陷害，就連一個和我談下心、坦誠相交的朋友同事也沒有。當時老闆以我為「孤臣」，他一直力挺我，同時又排除對我不利的流言蜚語、職場霸凌。我帶著忿懣和不快，在職場上戰無不勝，以寡適眾，勝過許多大小戰役。

　　四十不惑，五十而知天命。如今我已達知命之年，早收自早休，我憑半生積蓄，濟養悠悠餘生。原來無憂無愁過著甚為清閒日子，卻驟感人生虛度，目之所及，太陽底下無新事，大街小巷無新人。◍

《久站是種懲罰》

　　農民大半生以耕作種植維生，他們在太陽底下赤著腳穿梭於田野，進行春生夏長秋收冬藏、年復一年的作業循環。三行工人從早忙到晚、年頭忙到年尾，他們在工地上做著粗重工作，風火、水電、木工水泥樣樣皆能，一年到頭辛苦，到了中秋、春節才有片刻歇息的機會。

　　農民和三行工人生計賺來談何容易，粗人才做得來的工夫看似簡單，當中其實大有學問，反正勞力主導工作，工作再難全憑經驗搭救，坐下來動腦筋思考的機會反而永不會多。

勞動階層從事體力工作並持之以恆，他們寓工作於鍛鍊，一身發達肌肉和銅皮鐵骨總要時日去打造而成。即使擁有一身按不進去的堅肌，它並不會終身維持，歲月不饒人，任何人從三十歲開始，每過十年寒暑，肌肉量會自然減少 3% 至 8%，肌肉隨時間而流失、退化的情況無可避免，減量多少當然是因人而異，反正不少就是了。

肌肉主宰人體一切移動或作為，它緊貼全身骨骼、內臟器官和血管，人一舉手一投足、一呼一吸、血液要循環至全身等恆常動作，完全受分佈在四肢、肺部和心臟等處的大肌肉所支配著。人的一切作為，全靠肌肉收縮鬆弛始成為可能。

人三十而立，肌肉量不增反減，自此反而會以慢速減少，即使現代社會物質富裕，因為營養不良、蛋白質攝取不足的情況甚為鮮見，為免肌肉（尤其是人賴以站立和走動的下肢大小腿肌肉）提早或加速流失，致使當人老了，走路變得緩慢，無法上落梯級甚至於跨過矮小的門檻，人必須趁年輕時便要習慣多走路、多跑步，去鍛鍊腿部肌肉，以緩減下肢肌肉流失。

　　你有沒有發現，老人家總會長期坐著，他們從坐姿改變為站姿是件費力的艱難事；還有老人家走路遠遠不及年輕人快，要求他們久站便等同於懲罰他們。

　　造成肌少症原因十居其九都是因為衰老：老化造成神經變化、荷爾蒙和雌激素減少、胰島素阻抗等等，這些生理改變均會影響蛋白質的儲存與分解。還有較主要的原因是當人老了，活動量通常會減少：長期臥床、久坐不活動，會造成持續肌肉流失；還有蛋白質和能量攝取不足或吸收不良，亦會導致肌肉難以合成。

　　下肢肌肉的重要性，並不只在於走路、跑步、爬梯級、上坡下坡等移動身體的行為，只要人雙腳踏實地，無論站著或是坐著不動，下肢肌肉都為上半身體發揮著支撐、固定、平衡等的關鍵性作用。

　　嬰孩當成長至九個月至一歲，他便會放棄爬行至成功站立起來；未夠十八個月大，他們自然學會步行。步行對一個嬰孩來說自然是新鮮事，從他成功開步的一刻開始，至熟練於步行，甚至快跑，一一實現起來，動輒要用上一年到十八個月時間。小兒學走路，無非就是大

腦嘗試控制下肢肌肉縮放的複雜過程，最終能成功調適和維持身體在地面上的持續平衡。小兒們是吃奶大的，他們的雙腿發展得快，從來不乏肌肉支撐一個小身軀。只因為無論站立或走路，對他們來說是一種陌生的技能，從爬行到站立至走路，小兒的小小腦袋不斷從失敗和嘗試中，將此走路秘技自我訓練至成熟的地步。

　　老人家要面對的苦況遂是將小兒學走路過程的逆向顛倒，他們一生人行橋比年輕人走路還要多，走路對他們來說已稱不上是什麼技巧和技能，老人家當然懂得走路，遺憾地卻缺乏走路所必要的肌肉條件⋯⋯

　　久站是種懲罰，爬梯不如要了我的命，便是老人家的寫照！ ❥

《怯莫大於不信》

跳水比賽乃國際體壇公認的重要體育競技項目，跳水運動本身，準確點說是一種空中體操表演，它沒有水中游泳的部分，和泳術泳速亦毫無關係。

從跳水選手躍離跳板或跳台的一刻起，直至身體垂直插進小水池之中，他們利用區區幾秒鐘騰空下墜的時間，做出一連串翻滾和筋斗動作，評審遂從選手動作的美感和準繩度、時間上的拿捏以至入水時水花四濺的觀感，去作出評分。

國家跳水學校，從來閉門造車，訓練方法乃高度秘密從不外傳。作為首屈一指、所向披靡的

跳水大國，國家級教練選秀時是從海量的小孩子們入手，經過初步訓練逐漸淘汰那些佔著大多數、在資質和力量上不逮的學員，直至篩選出一班為數不多、甚具天分和潛質的年輕人，為他們設計出極度嚴格艱辛的高階訓練，然後送到各大國際賽事，和來自世界各國的高手一較高下。

我在跳水訓練學校苦練了三年，入校時才九歲，到現在以十二歲之齡，方才收到校方通知終止對我的錄用。原因是我在校成績排名二十一，剛好未能晉級至最佳的二十人名額，教練打算過兩天安排我爸爸媽媽來校接我回家。後來經過我父母懇切哀求，校方破例准我晉級，終於和其餘排名二十名以內的學員們平起平坐，被納入來屆奧運會和國際錦標賽的候選參賽名單中。

一年後的一個冬夜，當晚天氣異常寒冷，校內烏燈黑火，所有人正捲曲在被窩中熟睡著。誰料到那個曾培養出十數名奧運金牌選手的老教練，漏夜摸黑走進我們的宿舍裡，當看到一眾頂尖學員均已在熟睡之中，他反而打開宿舍中的每一盞燈，同時又敲響手中銅鑼，用恐慌性的噪音將我們從睡夢中驚醒。

我們二十一個學員匆匆穿起單薄的外衣和長褲，在老教練和助教的帶領下，餓著肚子，捱著嚴寒，一個跟著一個從宿舍上層跑到地面，再穿過操場，前呼後擁地登上一部停泊在校外的旅遊大巴。

　　巴士內我們一眾學員被老教練一嚇經已毫無睡意，車廂中個個鴉雀無聲，你眼望我眼、欲言又止，內心均抱著同一疑問，想知道老教練到底什麼葫蘆賣什麼藥。

　　經過兩小時的車程，天還是未亮，我們無人知道當時幾點幾分，饑餓和寒冷感覺全無，心中一團莫名的火正在燃燒，急不可耐地巴不得馬上就要知道隱藏在這神秘旅程背後的，是老教練為我們準備好怎樣的特訓。

　　巴士停在一個山腰之上，教練命令我們下車，然後徒步登高五百米，當登頂了，老教練才告訴我們原來身處北京市延慶縣的古崖居崖壁，這時候適逢破曉時分，極目是一片平原，日光從一線微亮漸漸照亮天空，這是我小小年紀目睹過最美的盛景！

　　這時候，我的體感溫度大概只有攝氏三度左右，我和其餘二十名師兄平日如接受軍訓一樣，再極端的天氣亦難不到我們。這時我們個個挺胸昂首，靜候教練指揮，

熱血全身運行，絲毫不覺寒冷。教練忽然從口袋中取出二十一條黑布帶，然後嚴正地向我們發出指令，他說：「今課我利用古崖五百米的高度去壯你們的膽，你們試一下用布帶蒙著雙眼，然後從崖邊上平跳下去。這下面是個天然的深潭，著潭之後，助教在潭邊上自會給你們換上乾衣服，而我是最後一個跳下的，當人所有都跳下了，我和助教將帶你們去延慶市集吃頓豐富的熱早餐！」

我們排好隊，一個一個被老教練用黑布條蒙眼，我資歷最淺，被安排在隊尾等著，由老教練押個尾陣。師兄們果然了不起，他們個個大無畏，躍崖毫不畏縮之餘，還來幾個能做出迴旋翻騰的難度姿勢。

當二十個同學都躍下了，老教練便替我蒙眼，我害怕得腳軟起來，跪在地上懇求老教練念我年紀最小，可格外豁免。

老教練說：「二十名師兄都跳了，他們和你一樣，同樣具備代表國家，在未來的國際賽事出賽的資格，如果你現在臨陣退縮，這個跳崖環節的分數便被抹去，你將來出賽的機會便大大降低了。」

我說：「教練，這樣跳下去我怕會撻死當場！」

教練說：「下面有個深潭，墜入水中你大可循水面游上岸的，快去，跳個高難度動作給我看看！」

我堅持不跳，又將蒙布扯了下來，一邊向老教練連聲道歉，一邊沿著下坡的路拔足狂逃。

老教練沒有攔阻我，他從後面看著我，然後搖頭嘆息，他心裡想：這小伙子不是缺乏勇氣，他不跳完全是因為不信。🐾

《是假的，便是短暫的》

　　要我去盡情愛一個人的話，他必須具備獨特的吸引力，足以使我一見愛上。

　　愛對我來說要達到至深，它通常缺乏長度，可是只要當我和那人四目交投之時，能有觸電一樣的感覺，我對他的愛便一發不可收拾，哪怕一段愛情最終只是曇花一現，這樣如煙火綻放的愛便不枉，我會心甘情願地愛他，無怨無悔、毫無保留地去為他付上一切。

　　我對愛情的執著，從我和初戀男朋友一段蕩氣迴腸的感情開始，到後來分手致使我心膽俱裂。都這麼多年了，我雖不乏追求者，可是

就算他們如何去為我鍥而不捨、苦苦追求，我實再難從他們一眾之中，拾回從前一見傾心的感覺。我和他們之間好像間隔著一重厚厚的絕緣體，電流無法從我和他們之間通過。既然這一眾人缺乏電力，無一能以震撼方式打動我，我面對他們的追求自然地呆若木雞。無愛感便無愛，對我來說，愛無非就是一種初遇時的感覺，這一剎那的感覺即使疑幻似真，不盡不實，它卻支配著我的行為，為我決定一切。

　　一見鍾情，進而情定終身，姊妹們聽起來感覺匪夷所思，她們和我不同，對男人的外表要求並不高，她們一致認為男人和女人不同，普普通通、四四正正，看起來順眼便可以。她們見我單身已久，當有聚會時，便經常對我強調，愛情如釀酒，時間久了它才釀得出芬芳馥郁、質地醇厚。她們說的話該是至理，可是我實在聽不明白又聽不進去。真理往往就是反駁，我和她們常常為此爭論不休，我通常會駁斥她們說：「交個男朋友，嫁個老公，便是要對著他一輩子的，其實我對男人的要求並不是高，可是暗藏在我心裡的，是一燭熄滅已久的火，我需要一個可將這老燭重新燃點的人，如此這般我才會有愛，才

有熱情去再愛。可是至今經歷過不知年的光景，我還沒有遇上這個可遇不可求的男人。」

　　有個姊姊說：「姻緣一瞬即逝，無論男女，緣分一生人其實沒有多少次。你的心態正是為難有的姻緣增添困難。我們這裡，誰不是為人妻子母親超過十年的？我老公其貌不揚，亦沒有帶電的魅力，回想當初，我和他拍拖至結婚生子女，當中沒有過一天，我真心覺得他是個型男帥哥呢，可是我一直愛他，相處久了只會感覺越來越愛。為什麼呢？我愛他愛我，愛他富責任感、熱愛家庭，有能力為一家人遮風擋雨，他的有型、他的帥氣就在這些細節之中散發出來。」

　　另一個姊姊說：「你一直追求那種觸電的感覺是假的、短暫的、痛苦的，對你來說是次要的。我同意姊姊剛才說的話，可是我還要補充一下。就男人來說，我認為感覺是奢侈的，善良才是最難得的，一個男人只要善良，他便能取長補短，能夠彌補他的一切缺陷。善良的男人才是最帥、最可愛呢！」🌀

　　每個錯字別字扣五分；文法上的錯誤，能解得通的要扣五分，要是句子言無一物、狗屁不通輒扣足十分；標點符號未被正確運用扣兩分；明明全文字數必須達到三百字，若字數不足、文章太短，乃屬大意粗疏，一律扣十分。

　　英國語文作文考試，在分數釐定上可依據客觀標準，學生平日學到的語法、生字詞彙，其正確與否，應用上是不是恰如其分，當寫錯用錯必招致評卷老師用紅色原子筆狠刪批改，到了老師為文章打分時，文法是否正確是考取高分的先決條件。考生文章錯漏亂缺有違正確，老師會逐個紅圈計數，然後以一百分減去

錯誤累積起來的負分，最終得出來的分數便是，考生的作文根據客觀評估而得到的總得分。

即使作文歸入語文文學學科，它屬正確屬錯誤其實相當科學，每當考生錯漏百出的時候，它的正確性便被削弱。就好像人靠一雙腿支撐身體，假如錯誤代表其中一條腿，要達致正確必須由雙腿支撐成為可穩定站立的結果。假如那成錯的一條腿受傷了、截斷了或因疼痛無法久站，正確之身遂向那錯腿方向傾斜或歪倒，於是正確再無法穩固地、垂直地樹立以彰顯自己，讓人清楚看見。

當大量錯誤累積起來，正確被削弱成無法自圓其說，它將變成無地自容，再不可以強調自己有多少正確。

同樣以英文作文考試為例，當換一個角度去看，假如全班三十名同學語言天賦俱為卓越，平常學習既留心又勤奮，在教科書的有限範疇外亦能恆常閱讀大量英文課外書，他們在答卷上學以致用，造句文法準確，就連一個詞彙、一個標點符號亦未曾誤用錯用，同時文章內容貼題、字數又不少不多恰到好處，那麼老師無論如何去吹毛求疵，試圖從雞蛋裡挑骨頭，亦無法不為全體優秀的同學給予高分數。

這班超群考生，英語能力卓穎實在毋庸置疑，一日校長收到一封從教育局寄來的邀請信，說明月底將舉行一個校際英文作文公開賽，並誠摯邀請該校選出一名最優秀的英文寫手，與市內其餘二百多高中參賽者，在英文作文一環一較高下。這公開活動旨在促進學生們對英國語文的興趣，於寫作比賽中互相切磋，憑本身的英語能力與其他學校優異生互相借鏡和學習。

英文老師從校長手中接獲邀函，頓時感覺相當頭痛和棘手，因為在她教鞭子下，三十名高徒的英語能力都相當了得，文法和用詞上通通運用得宜，做到既準確又正確。

她將揀蟀所遇上的難題，和教員室中那坐在她身旁的黃老師分享。黃老師在學校任教中國文學已有二十年之久，同時他是個著名小說家。當他得知英文老師的困擾之時，便笑嘻嘻地說：「正確為優劣奠定基礎，任何文章、任何事情如果就連正確這基本條件也達不到的話，那麼那篇文章、那件事情的好與不好，便無從談起。」

英文老師說：「我正是為此感到煩惱，三十名高徒都熟用文法，字詞運用恰到好處。」

黃老師笑說：「如果都做正確了，下一步便要判定誰可登大雅之堂了！在同一考題中，哪個學生的文章最中讀、可讀性強，內容和詞彙最豐富，最能接近文學作品水平的，就叫做最好，就能符合參賽的標準，老師你憑你對英語的涉獵和研究，就用欣賞的角度去評判吧！」

《錢財如蠅》

聰明能幹、機智機靈、應變力又強，當遇上機會反應快速，目標還未達到，它一早被鎖定瞄準。城市人受過教育的最識時務，他們擅長在激烈競爭之中、身處資源甚為拮据的大環境下，不斷尋找並開拓生存空間。

大城市人才濟濟、出類拔萃，各能佔上社會中一席，可是能成大事、得大財的，當中卻只限於極少數，而絕大部分人能產出的價值小，通常以市場價格作評秤。也許他們尚欠天時，讀書多卻不夠精，縱使他們絞盡腦汁、拼

搏拼命，頂多可以躲在大人物、大強豪的餐桌下，撿拾他們遺下來的狼藉滿桌的豬頭骨和冷飯菜汁。

聰明人知寄取，他們心眼多，目光銳利、觀察力極強，哪裡若見著什麼大茶飯、暗角樹頂上長滿豐碩果實，永遠逃不過那些高學歷城市人的法眼。可是機會明明看準了亦被牢牢緊握住了，這種人縱有高強法力，出手既快狠亦準，向大喬木揮個大拳，眾多果實明明應聲墜下卻是旁落一地，或滾得遠遠被路人執死雞、一一收納……失之交臂更可能是因為他們太缺德，背上的囊袋太小，眼闊肚窄、眼高手低，最後只能少收少蓄，頓喪失大好時機。

若你同意錢財乃身外之物，可是唾手可得的東西，通常被人唾棄過、踐踏過，它價值甚微，你不屑以俯身易舉去紆尊撿拾。反觀足教你趨之若鶩，那世上一切資金流、物質流，它們確實處於你伸手未可觸碰之遠處。為了得到你想要的，你窮盡畢生之力在它們後面窮追不捨，最終所得之回報此消彼長，只可抵償你對之曾付出過的血汗和努力。

錢財不僅是身外之物，它背上甚至長有一雙複合的翅膀，沿著不規則的航道任意莽飛。用個不似又相當恰當的譬喻，你自會明白：

　　一隻蒼蠅從你頭上飛過，它不是一種威脅，它亦不會因此使你感覺害怕。

　　那蒼蠅在家裡任飛，你如常做你正在做的事情，你可以因它細小當它不存在，可是它的存在於你而言，有時候是騷擾，若你潔癖，你甚至視它為一種非法入侵。

　　那蒼蠅繼續飛，偶爾伏在牆壁上，它能夠一直存在著，完全是你心情好，覺得它不外如是而寬鬆處理，或者你家務忙得不可開交，唯有將打蠅一事，放緩暫擱，你勉強接受了它的存在，未曾對它大開殺戒。

　　可是你的心情相當飄忽無常，偶然脾氣不好的話，就連家人、鄰居和同事，也會對你退避三舍。要是這樣的話，就你對蒼蠅入侵所因循的路徑，它向來在你家中的飛行路線，你早已充分掌握。

　　有日你在外受悶氣卻無人可訴、無處發洩，當回到家中，聽見那被你養肥了的大蠅嗞嗞地肆意飛行，它甚

至肆無忌憚在書桌上慢爬。此刻你再不留餘地了，你對準大蠅，以單一動作，迅雷不及掩耳之勢給它致命一擊，啪一聲既骯髒又討厭，不該久存於世的小怪物被你單掌擊至毀扁。

錢財如蠅，它在半空你在地，它本來就不屬於你的，它無處不在卻又切法逃避你的掌擊。所以要得大財你便要靜待成熟的時機，因為錢財如蠅，它終成為你的掌下亡魂之前，你一直無意識地觀察著它的動態、它的飛行軌跡，直至你易如反掌地對它重擊的前一刻，它還會得意忘形地在你面前揖揖揚揚。◐

《今天從不被昨天憂出來》

我這人錢財不多，學歷不高，人緣亦欠佳，向來獨來獨往看似曲高和寡，外表冷傲內心卻情感澎湃，又似火般灼熱。我相當知性，人生閱歷豐富，聰明智慧到了中年始見沈澱。我對現實和世態，有種與眾不同的獨到見解，當察人行，我能洞悉其箇中；往往聽人言，定當耳順而從言談之間暗暗察勘人心。

依我看來，社會上貧富七三分，愚昧人滿坑滿谷，智者眾裡尋他難遇上一人。能使我感覺不舒暢又敬而遠之的人，是給我一種恨鐵不成鋼、又愛逞強愛出風頭的人，觀乎天下我所認識的人中，佔上絕大多數。

　我四十不惑，五十已然知天命，可是我知道得太多，反感覺孤苦伶仃，無人可語，內心感覺鬱結，恆感有志難伸。在這無常又荒唐的俗世中，我從來沒有奢望過可遇上知音，卻只有卑微地求得三餐安穩，能在這短暫的人生中，得以平安度過。

　現在每當我遇有不滿，遇上不知所謂的人，我儘量不要與他們作正面衝突，唯記緊待人以寬、律己以嚴，無友不如己者，情可粗茶淡飯，總比起和一班烏合之眾、豬朋狗友話不投機半句多強。對於那些無法與我平視而處的人，智力、品格和年齡不成正比的人，我會採取寬容態度對之。畢竟目下人人都只不過如此爾爾，我做人的目的，從不會效法萬世師表孔子一樣有教無類，又知其不可為而為之。

　我活過這些年頭，捱過人生跌宕起伏的苦楚，看盡了世態炎涼、醜陋人臉，至此內心終於得到長久的安寧，智慧循經驗厚積得以沈澱下來。自詡隱世高人的我，有種我有別人沒有的優越感，就好像杜甫《望岳》中寫道的「會當凌絕頂，一覽眾山小」之登峰態勢，但願餘生可撒手俗世中是是非非，努力為自己把持，向那些值得我學習的人效法，至死求個隨心所欲、獨善吾身，人可

做到如此這般，遂於願足矣。

　　我這份人心口以一直線相連，不說罷不說，當要說起來時，可極盡刻薄嚴苛之能事。在我心中，看在眼裡，我認為人人皆有其可糾正的毛病、礙眼的瑕疵、尚待改進的有遜於人之處，以至徹底改變因其偏執和愚昧無知而起的偏見和錯誤。

　　我覺得人人不以攸關幸福快樂之事而生活，他們活在今天內心總會憂慮著明天。為明天感覺患得患失，感覺生活就如危坐於驚濤駭浪顛簸中的小船，那般憂慮能傾軋平凡人原來安穩的心，當內心扭曲變形的時候，人自然無法看出現實中的真實一面。

　　平凡人都有著平凡人的智慧，英語叫做「Mortal Wisdom」。這種所謂智慧能被反映在他們內心普遍存在著的憂慮。憂慮將心靈拉扯拉長，心自然從一球麵團被拉長至條狀，凡心遂因憂慮而驟變得相當狹隘，人憑藉戚戚然的心態活於現在，內心的一大截自然地跨越時空，為著那遠遠未知的未來，在原來的憂慮之上加倍憂慮。

　　憂慮的心緊閉，它的表面滿是雞皮疙瘩。人憑憂患的心，強迫自己為將來設想出種種不測之事，這樣的人

從來沒有好好過活，因為明明他們活在今天，內心卻從當下抽離，將憂患意識播諸未來。

平凡人恆感憂慮，只會顯得他們愚蠢，因為他們的今天由昨天憂出來，明天復是今天之憂患的結果。他們的憂、他們的愁煩，遂永遠佔據著昨天、明天與後天之間，憂慮一個接一個，成了終身不離之長憂。

假如今天是被昨天之憂憂出來的，人為了活到今天，他們長處憂患聽起來遂相當合理，可是當昨天為今天而憂的一切事，當中不被實現出來亦有著不符實際之處。以憂患的心態去為今天作預測便缺乏根據，同樣是愚蠢、一廂情願、不切實際。

憂慮的心使人為未來作出過的準備，憂心圍繞著一堆假設而生，它過猶不及，刻意將自身延長，恆以不足、不好、不測為未來作不實的判決。

所以世上的人都自私殘忍、實用功利，人越憂便要以比別人更多的物質去填補內心對未來的憂慮和懸疑未決。就這樣，僅憂慮這種以未來為不測作假設的心態，可催生出眾生之萬惡：貪婪、吝嗇、囤積、集冗、自私自利、缺乏同情心和惻隱之心……

人活著不靠囤積居奇、國戚裙，不靠巧取豪奪，不生安白造，亦不用為非作歹、哄騙詐取，這些惡事無非出於對人的無知，以致人對未知未來的一種憂慮和恐懼。

　　人生短暫，刻刻是磨練。人可得經驗中反芻，從反芻而有所得，當經驗結合思考，我們即便從厚積中擠壓出智慧結晶，生活一切所需有多沒少、無冗又無缺。上天賜下來那平安喜樂的人生，將會是你不凡天資和智慧的一種回報和反饋。◊

《鳥墜花枯》

　　爺爺臨死前一刻，我們家中一窮二白，他病得危重，氣喘得厲害，垂死掙扎間，我和爸爸只有跪在他病榻前哭泣，當時一家人窮得一日只吃兩頓稀飯，伴來白焓青蔬加點鹽巴裹腹，為爺爺找大夫治病的錢當然是沒有了。

　　當晚天氣乍暖還寒，我用一張大棉被將久延殘喘的爺爺包裹著。這時他咳嗽得更為厲害，他忽然伸手探出被蓋來，用微力抓著我的臂膊，然後對我說：「乖孫子，爺爺快不行了，你是我最疼最愛的孫兒，我現在要告誡你一句說話，就是無論你生活怎樣困難、三餐不繼、

窮得沒辦法，也千萬不要偷別人的東西，我們是信天帝的，絕不可做出任何虧欠別人、折損天帝榮耀之事。」

「天上野鳥不耕不收，地上野花朝開夕萎，上天尚且餵飽牠們，給它們披上燦爛的衣裳，遑論我們是人，是信徒，地位之尊貴不是野鳥花卉所可比擬，我們憑著對天帝的信心和冀盼，只要誠心誠意向祂問禱，祂必屢應不爽，我們總可絕處逢生，渡過一個又一個難關，試問又怎會淪落至沒飯開、沒水喝的絕望境地？」

爺爺將一番話語重心長地說罷，在床上掙扎了一下，隨即躺平氣絕身死。

翌日早上，我和爸爸合力將用棉被包裹著爺爺的屍首，搬到荒野處，又徒手挖掘出一個坑洞，就這樣，我們將爺爺埋葬下來。

再過一日，我發現家裡的存糧和醃菜差不多都吃光了，我和爸爸為了生計，遂分頭行事，爸爸到村口的大井旁為村民打水挑水，每趟賺個一分幾毫，我則到工地裡將堆起來的磚頭按用量分成小批次，一車一車推到建築中的地盤旁邊。

　　艱苦的生活，日復一日沒完沒了。畢竟挑水搬磚，全憑勞力，就算力氣夠，死命做，一天到晚工作換來幾個碎銀，只可保得三餐不餓。我和爸爸每日早出晚歸，心知手停口停，為了生活只好迎難而上，心裡從來沒有半點埋怨，只希望有日經濟環境改善過來，屆時就業機會自然會多，我們應可找份更好的工作，將貧困的生活徹底扭轉過來。

　　有日我如常上班搬磚，工地阿頭說工程快將完結了，剩下來工作著實不多，他將我累積起來合共三天的工錢發給我，然後打發我離去。

　　這工地工作我已做上了一年多的時間，杯水車薪的生活卻從來沒有改善過來，現在就連這薄酬苦差也沒有著落了，我心裡感覺一籌莫展、徬徨無助，同時又感到當回到家中時，再無顏面對一家上下，向他們解釋清楚。

　　回家的一路上，我思前想後，當想到口袋中只有維持三天家用的錢，越想便越是憂慮。不知不覺間我步經村口一個大戶，這西班牙式別墅所處的位置，距離我家有兩個小時的步行時間。眼前這龐然巨建，其建築風格

和粉飾工藝非常精細雅致，內裡傳出西洋音樂，夾雜著人聲笑聲，和我一家所住的簡陋石屋，遇風搖晃、遇雨浸水的慘況，簡直是天與地比。

我又看到別墅的側門，停靠著一車被屠宰了的牲畜家禽，又有一滿車的大米和烘焙麵包用的白麵粉，似是從批發市場運送至大戶人家作交收。這時我肚子餓得咕嚕作響，我四周張望，發覺裝著物資的木頭車旁沒有人看守，大街上人蹤渺渺，只我一人，於是我想：那包大米只用上一勺，再加上兩頭雞，足夠我家吃一頓豐富的白切雞晚餐了，趁現在沒有人看見，不去搶回來還對得起自己嗎？

忽然我想起爺爺對我的囑咐，臨死一刻告誡過我要做個光明磊落的人，無論如何困難，只要誠心禱告，天帝必應允我飽足，還有那些天上野鳥和地上野花的譬喻……

此刻我餓得沒法子，長期活於貧窮線下早使我心態缺乏平衡。我頭仰望天，嗤之以鼻地說：「找不著吃的，餓得從天上掉落地下、活活摔死在泥土上的野鳥，我一輩子見過太多；那些野花呢，它們如此燦爛奪目，一場大雨過後遍地開，壽命卻又是如此短暫，花彷彿受天帝咒詛過一樣，它們的存在在云云生物中最弔詭，朝生暮死，

未見其榮先見其萎，如霧如煙的花命又如何可與關天人命同日而語？這些話全是自圓其說，穿鑿附會！」

　　我立即捲起衣袖，見目下無人，為了生存衝往那兩板車前面，一手將兩包大米扛起在肩膊上，一手執起兩雙雞腳，然後拔足狂逃。

《如牛反芻》

　　我二十歲時大兒子出生，到了二十二歲時意外地又添了個老二，三年抱兩本應是件可喜可賀的事情。可是當二兒子甫出生的時候，我的心便向下沈了一沈，感覺到千斤重擔壓在我身，從此以後便是一生孩子債，原來相對輕鬆的日子一去不復返。

　　我一直視養育兩個兒子為我首要職責，對所付出的金錢和努力感覺相當麻木，每月我從收入中扣除了七成作為給我老婆的家用，剩下如雞碎般多少的零用錢，用去抵償本身日常交通和午餐開支。

　　每到月底，剩下來的零用錢已然被我花得八八九九，瞬間被清零。十年如一日，我覺得我的人生從來不是為著自己而活，一心等到兩個兒子長大成人，有了謀生自立的能力，我這個活得迷惘又潦倒落魄、口袋裡沒多分壓袋錢的中年人總算盡了作為父親的責任。

　　我作為一家之主，十多年來看著一對兒子長大成人，能為祖先開枝散葉，單就此一樣，我經常提醒並安慰自己，這已算得上是我人生中最大的榮耀和福分了。可是我畢竟只是個基層打工仔，一家人過著的生活只算是僅足，無法供給他們兩兄弟什麼物質上的享受，這一直是我內心最大的遺憾。

　　他們還在讀書的時候，看到別家同學家住設有個標準泳池的私人屋苑，課餘學習著不同的樂器，每年放暑假總會到異國遊玩，家裡音響設備、電腦遊戲機樣樣齊。反觀身為我的兒子物質上卻相當匱乏，除了三餐可保之外，小小年紀過著兩袖清風的窮日子，這些年來就算他們從沒埋怨過半句，我內心那份貧賤百事哀、兒子們較絕大部分富康子弟相形見絀的自卑感，在他們成長的漫長過程中，油然而生，縈繞心頭。

我長期活在低層，向上層社會仰望，只知道我是個靠勞力換取微薄薪金的窮困人，相對那些一身光鮮、在辦公室空調間對著電腦工作的高端白領職人，究竟他們的書是如何讀回來的，高薪厚職的門戶是循何門而入，我一直只憑想像。誰個父親不望子成龍？當套在我兩名年紀相約又快要出來面世的兒子，我心中為他們期盼著的，正是不要步著爸爸後塵，因為事業決定收入，收入多寡決定他們將要過著怎麼樣的生活，娶個怎樣的老婆⋯⋯這些年來，我只知道一條金科玉律正是，窮便是苦，人有多個錢，生活自然稱心如意。

　　三個月前，兩個兒子先後卒業，他們對我說中學畢業成績不好，讀不上去了，再不戀棧學業並準備找工作去。接下來的兩個月，我老婆告訴我他們兩兄弟已順利找到工作，果然近月來，他們起得比我還早，回家比我更晚，感覺上他們為工作奔波忙碌。

　　我見他們剛剛上班不久，不便對他們問長問短，心中卻倒覺得甚安慰，因為他們即使讀書不成，卻又相當有事業心，起碼不會像那些廢青一樣終日賦閒在家，投閒置散，無所事事。

今天發薪，我到油麻地一間燒味名店用了五百大元，買了隻免斬燒鵝為晚餐加餸。當我回到家中，兩兄弟少有地和媽媽圍坐在飯桌前，等著我回來吃飯。

我們一邊吃著燒鵝吃著飯菜，一邊聊天享受著天倫之樂。此時，我再不隱藏內心的疑問，向他們兩兄弟詢問有關新工作的情況，我說：「你們在外找到了什麼工作，辛苦嗎？」

大哥說：「好工作難找，現在我打了份順豐快遞的派件員，和幾個同事負責一個小區的派件工作，包薪一萬二，件派得多有額外金錢獎勵！」

我聽了心感不悅。

弟弟說：「我在宜家家居找到一份倉務的工作，將進店的大型傢具搬進倉庫裡，此外又恆常性地將貨場和陳列室中擺放久了的傢具雜貨撤走，換上新的。我的薪金是固定的，一個月一萬六千銀，不會多亦不會少。」

這時候，我的心向谷底沈下去。

我老婆說：「這些工作都很好啊，替大公司打工不愁裁員結業，安穩又踏實，你們兩個要好好做下去啊！」

我放下碗筷，點起了口香煙，對兩個孩子說：「這些派遞搬運工作有什麼好？靠牛力賺錢的永遠只會賺來微薄生活費。人家呢？度條橋，腦子轉一轉，吹著空調坐在大班椅上，輕而易舉可賺取比勞力工作多三倍四倍的工錢！」

　　弟弟說：「爸爸，我才不會做辦公室的工作呢！那些工種爾虞我詐、阿諛奉承，勞力用多了再粗重的工作總不外如是。這兩個月來，我的身體間接被工作鍛鍊得很好，現在我力大無窮，健步如飛，三餐胃口好，晚上睡得飽。那些白領人士地工作量和範圍，可被他們的老闆按照原來的工資無限擴大。我下班了，生活便完全由自己主宰，他們呢？思慮過度，終日為工作誠惶誠恐，擔驚受怕，惶惶不可終日，他們平日坐得多會肥胖，精神壓力大導致神經衰弱又失眠，長期困在空調間，久而久之，百病叢生。為了上位，工作環境中競爭激烈，你想我死我想你死，口才好又會逗人開心的，即使能力有遜別人，反會扶搖直上；性格孤僻，不善辭令和交際的，動輒被人孤立排斥，份份工都做得不長。就算賺得比我多，我才不羨慕白領人士呢！」

　　弟弟說的話相當合理，可是通通皆為我這個老粗、見識短淺的爸爸的想像之外，我一邊抽煙一邊將弟弟的話如牛反芻。

《成功將至的先兆》

遇過重大挫折，我努力過仍然一敗塗地，雙重挫敗我曾因為成功未遂折墮了，然後碰得焦頭爛額、一臉子是灰，如此逆難阻遇卻沒有在我心中形成了一個死循環，看死自己，以為失敗以後還會有另一番形式將要重來。

生於莫有，失敗乃兵家常事，它反為成功之母。

系統性的挫敗於我實非不曾努力過的惡果，在未嘗過成功之前，它只不過是個迷宮，出口確實存在，關鍵是我尚須尋覓摸索。重複

挫敗形成了一個具結構性的基礎，當挫折疊得越高，我向上求索之路便水漲船高，它越築越高。

我經歷過不斷攀登向上之路，目標仍然仰之彌高，瞻之越遠，這時我所獲得的，通通被我沿崖向上的虛耗抵消至零。這一路以來我風餐飲露、食不解飢、奮發進取的原動力和物質上的獲得毫無關係，反而是內心那份自強不息，和「我一定行」的強大信念。這種打死死、屈不服的心態時刻給我反饋，予我不問收穫的無比滿足感。

要是大成功將至，它必有先兆，那便是從前我為達成功的飢渴之感，忽然會被成功在望的絕對肯定沖淡緩減。我覺得成功將要臨到，它的到來必無懸念，分別只會是早或稍為延遲。

從旭日初升始，至日落西山金昏將至，不知不覺我已登上絕嶺，懷中抱著以足金打造的盛皿，跪地仰天，準備好盛接上天為我降下來的犒賞。在關鍵的這一刻，我輕抹額上、鼻尖上的汗水，一邊等待著那空前絕後的大收穫，一邊痛哭流涕，我對往昔幾十年的奮鬥，那漫長的光榮歲月，忽然感動落淚，驟覺難過又依依不捨。🐾

《雙手不淨便不吃》

　　時刻保持個人衛生，定時定候沖涼、刷牙、洗臉、洗頭，如此良好措設可令人身心舒爽，那些害人的病菌病毒經過洗刷消毒，自然隨污水排進溝渠裡。

　　你我每天工作過後，從早到晚在公共場所接觸到人氣塵垢，無法以感知辨清那些致病源，當回到家中將臉上和身體上的汗垢油脂、皮屑臭味盡情刷洗，絕對是防治傳染病的最佳方法。

　　大概沒有什麼人不喜歡乾淨清潔，即使有人不愛整理家中雜物，衣櫃裡衣服層層堆積，

為了儀容整潔，當步出家門去見親朋戚友時，也總曉得隱惡揚善，潔淨身體又刻意整理妝容，方才去見人面世。

要乾淨便要花時間清潔整理，清潔這個詞彙可作名詞，它又是個動詞。

自小父母要求我們吃飯前先洗手，睡覺前先沖涼洗頭。你我到萬寧屈臣氏、惠康百佳走個圈，當發現原來一瓶小小的洗面奶、一樽洗頭水沐浴露、用來洗衣服的洗衣液和洗碗洗碟用的洗潔精，它們的價值不但高昂，而且種類五花八門，香味的分類更是超乎想像。

當我們以為人人對清潔乾淨推崇備至的原因，只不過是從家庭或學校教育引申出來，洗滌整理乃自小被家長老師以高壓手段迫令而後養成，想真點其實不然。

因為當有一天你長大了，那裡再沒有什麼人監督著你洗澡刷牙，你視這些日常必做之衛生事為一種和吃飯喝水同等重要的基本需要。也許你會覺得無論你身在何處，當用手拿起筷子吃起來之前，你馬上會有洗手和吃的雙重需要，假如你對個人衛生有著很高的要求，你甚至覺得如情況不許可，你沒有先洗乾淨雙手才吃飯的機會，那麼你情願不吃或等到你洗過手才吃。

雙手不淨便不吃，情況等同於你（尤其是女性）在公共洗手間如廁一樣，她們對那公桶感覺煞有介事，骯髒到接受不了的程度便索性不坐下去方便。

　　愛乾淨整潔並持之以恆，是種天性。如你家裡養著貓咪，或你曾經養過、見別人養過，你會發現貓有用舌頭自我清潔皮毛的習慣。你不用訓練一隻貓去清潔自己，因為天下貓咪如出一轍，「舌潔」是牠們的本能，亦是天性。

　　既然人愛清潔乾淨是種天性，你自會發現越愛整潔的人，他們對外界的觸覺、對自身的要求、對工作的專注和生活上的自律性和自發性都特別高。

　　潔身的人必也自愛，整潔乾淨的人憑外表反映其內在。一個人是怎樣的，是嚴謹的，是粗疏的，做事是一絲不苟的，還是苟且敷衍的，單憑觀察他的個人衛生程度，其實可知二三。🐾

《生來便是永遠》

永遠是個只可憑想像而後獲知的概念，因為永遠並不存在於現實。

譬如滿野繁花，花從蕾苞至綻放，盛景一發不可止，到頭來卻總以凋謝歸零作結束，人的一生總比花開花謝來得更漫長，人命生滅榮毀的總過程畢竟同樣地只如曇花乍現，當中縱使經歷了壯闊波瀾，可是時也命也。當時候一到，任何人的一生必須終止而復歸塵土。

播諸天下皆準亦能貫穿整個人生的，畢竟只是「生、老、病、死」簡單四個字。無論你是何方神聖，這四節人生篇章也要親身去經

歷，獨自面對。尚未發生的事情總會相繼發生，可是你會發現人生中事無大小，通通只是雲眼便已過去。人口中的所謂永遠永遠，指的只有一樣，亦恐怕是內心那份一成不變的無奈，以至縈繞人一輩子那無法扭轉的難堪局面。

永遠是一種能折磨人到老死的循環往復局面，是人無法不去面對那形勢比人強的殘酷現實，對任何人來說現實而不是人生，才稱得上是種永遠。

「永遠」所包含著的涵義從來只可為永恆不變的定律作定義，卻永遠不可套用在任何人物和事物本身的壽命和特性。

從我出生的一刻起，我為證明我是活著的，遂在產房中哇哇大哭，為表我對陌生世界的一種抗拒感，於是又從嘴中抒出一口難氣。想深一層，這世界確實因為我在東陲某地甫生而為人，同步地將死亡降在那居住在世界西陲的百旬老翁，現實以實現運行於天地之間幕幕新陳代謝之常規和生滅循環之永道。

我生我便終會老死，這世界蒙上天之福，在我垂死掙扎的一刻在一個我從不認識的世界角落處補上另一全

新生命。無論我死後魂歸何處，地球將不因為缺少了我而驟然靜止不動，更遑論因為我而和我一同赴滅俱亡。

假如我生我滅，就好像懸浮於空中的微塵一樣微不足道，我的生，便未為生，我的命，可笑地從來只意味著眾多無法達成的使命。雖經歷了閃瞬一樣的人生，我之生將因為我之死變得無以為繼，生命曾幾何時信誓旦旦，當時候到了，生命於我豈非成了名不經傳亦毫無意義了？

凡人凡事，當中其永續性只要是不曾存在，他們被人看見的存在便是虛幻，即是片面。世人世事，其價值此一時彼一時，其重要性從來只為相對，亦值得商榷。

尼采說過：「殺不死人的只會使人更強大。」我未曾被那稱得上能持續永遠的「形勢比人強的無奈現實」殺死，我將要面對的死亡，歸根究底源於一種折騰，一種一輩子有辱無榮之無奈感。既然那永遠逆我違我的現實終不能置我於死地，那麼如尼采所說，蘊藏於我內心那遇強愈強、百折不撓的靈魂，該不該可存活至永永遠遠？

《圓論》

　　從我點餐當刻計起，不消三分鐘時間，那個說話粗俗、面目表情甚惹我討厭的茶餐廳伙計，便以滾水淥腳的速度將囊括是日常餐 A 中的一碟火腿通粉、一個港式餐包和一杯奶茶，啪一聲放在我面前。

　　當我正想著先要吃那碟通粉好，還是先吃掉那薄掃奶油的餐包好些時，我駭然發現原來這個圓形的小餐包邊上竟缺了一口，就好像被人咬過一樣。我小心翼翼儘量避免觸碰到餐包上那個缺，用了三根手指頭將它拿起來仔細察看，方才發現這個小麵包確實被人咬過的事實更加毫無疑問了。

我心想：這咬口呈弧形狀的，不是給別人吃過一口才怪。這刻我搖搖頭，氣憤地叫喚那個討人厭的伙計前來對質。我毫不客氣對他說：「大哥啊，我前世欠過你的嗎？不然你怎麼會送來這個被人咬過的麵包給我吃的？」

　　伙計一臉冤枉說：「先生稍安勿躁，你手上的餐包絕對新鮮出爐，是我剛剛從焗盤中取出來的。這包子小，師傅將麵團搓好之後，一個接一個排在盤上，然後送到爐中烘焙，焗好的麵包便連在一起了，我從中取一個出來，邊上有個像咬過的缺口一點不足為奇啊。」

　　我拿起餐包向伙計展示，然後說：「不是咬過的，這個缺口會有那麼整齊的嗎？你快將這餐包撤了，再換來個新鮮的，我便不追究了。」

　　伙計說：「先生，今天的餐包賣到差不多了，你是個要求高的客人，剩在焗盤上的那些包子看相可能會更差，你手上那個已經是最好的了。」

　　我說：「你不肯換的話，就叫其他伙計過來，恕我直言，你這人頑固、禮貌又欠奉，我真的不知道如何和你溝通下去了。」

　　這時候，一個女伙計聽見我們的爭吵，於是走上前來調停一下。

　　她看看我手中捏著的小餐包，又向我看了一下，便說：「先生，我在這茶餐廳服務五年了，我敢肯定這餐包是新鮮的，亦絕對不會有人咬過。不過如你堅持要換的話，我只好恭敬不如從命了。」

　　女伙計在餐廳服務多年，從未聽說過餐包有過什麼質量問題，更何況是被人咬過吃過如此匪夷所思之事。她見男伙計無理受了氣，一心想替他報復，便從焗盤上那些剩至寥寥無幾的餐包中取了個，然後從邊上咬了一細口，放在小碟子中，再端到我面前來。

　　我一看見這個女伙計心裡就歡喜，她為人友善又通情達理。當她輕輕放下新換來的餐包時，我依舊看到麵包的邊緣有個咬口。這次我不再有任何疑問，因為我信任她，我相信這個活像咬口的痕跡沒有什麼可疑之處，正如剛才那個男伙計的解說，這餐包的缺口毫無疑問是因被撕扯所導致。

我只用了十五分鐘便將這個快餐吃完，當我離開茶餐廳時，感覺滿足愉快，內心忽然有了領悟：

　　「以貌取人才是做人正確的態度，直覺往往是最可靠的。當我喜歡誰，他的錯誤總是情有可原，反觀那些使我厭惡的人，我只許寧枉毋縱，視他們的錯誤為明知故犯、毫無疑問的。所謂相由心生，這話一點沒錯！」🐌

《處惑》

　　只要是活在人群中，你便不是你，我便不是我。

　　我們天性中都有一份不自知的自卑感，在人群中總感到自身的渺小，時刻感受到有遜別人，亦技不如人。

　　為了滿足別人的期望，努力去爭取認同和支持，我們一直揣摩著別人對我們的看法和期望，即使我們難以做到面面俱圓，那份想要得到別人認同和接納的心，比起真實地別人若要求我們成為他們想要的模樣，反而來得殷切，來得迫切。

我們與生俱來應當享有的自立和自由，必須由我們主動去爭取。這等自由的先決條件，最起碼是我們先懂得欣賞自己，進而獲得對自身價值的絕對肯定。只有能做到這樣，我們才可以和別人平起平坐，平視而處。

　　我們站立之地本來就牢固堅硬，行走的方向和目標永遠置在前面，從來沒有人能輕易貶損我們的尊嚴，硬要將我們的靈魂擲進牢獄之中。可笑地我們經常掛在嘴邊那句：「人在江湖，身不由己。」卻充分顯示出我們的人生，竟就像為自身套上重重枷鎖，手足被安上桎梏，最終被投進以精鋼打造的囹圄。

　　能造成如此情何以堪的困局，我們不曾假手於人，實由我們親手包攬，一手造成。

　　受自卑心理驅使，我們內心那份安全感忽而換來理所當然的危機感，迎人笑臉從來只是硬擠出來的，在人群中你我內心那份惶恐不安和高度警惕，情不自禁地竟被催生出來。

　　你不是你，我不是我，當人想不通、看不透的時候，確實地你配不上的是你本人，而我更配不上我自己。人生在世，當我們身處任何環境，我們甘作驚弓之鳥，你

不你、我不我並不重要，矛盾之心不獲釐清那又如何？投鼠忌器聽來可笑，想深一層這實乃人之常情。人有肉無魂地過生活當然可笑，敢問你我何德何能，尤其遇上形勢比人強，禁忌處處、左閃右避何嘗不是行事做人那恆之有效之王道？

只要有一刻獨處的時候，你我當務之急要爭取的是一瞬即逝的絕對寧靜，耐心傾聽自己發自內心的真心說話。當站在鏡子前面，看清楚自己了，你我自會發現累極了的臉容上我們實找不出一點生趣。

假如心光就在這時候忽然燃起，你便有所覺悟：

「原來我該享有的自由自在，一早被我的愚昧無知和自卑感斷送至蕩然無存。當我身處人群之中，無可避免地暴露在眾目睽睽之下，那必然的結果是你不你、我不我，這樣教人難堪難過的心境叫做處惑。」

《予欲無言》

知是知識，古語「知」這個字卻含有比知識品位更高智慧的意思。

大量知識不斷厚積，它們未經任何剖析，所以長期不獲見解。智慧的奇妙之處，無過於將知識從平面疊高成如一座寶塔，眼前一堆從認知而得的數據順勢以立體呈現於人前，人隨時可對知識窺一斑而知全貌。

你憑著零散的知識為案情分類，外在世界遂按照你的意願有秩序地在你面前鋪陳。知識本身並無生命力，它即使海量般多，為你帶來的好處卻僅限於事實的陳述。正如醫生明白各

類藥物的藥性、毒性、療效和副作用，他們為病人處方藥物時，必須以己身作為他人感受的根據。所謂醫者父母心，仁術為病人施藥事前必須憑一片仁心。

所以知識只可被界定為科學，反而智慧是內心深處對外界的充分且無限量的反映，智慧之深藏內蘊無法被歸納成任何科學理論，它遂上升至哲學範疇，進而超越了一切科學知識。

智慧憑直覺和思辨促使那些無生命、平鋪直敘、動輒要以客觀科學實驗作研究方法的科學數據，從二維平面和三維立體空間不斷築高伸延，最終進入了「悟」的形而上宇宙。

「形而上者謂之道，形而下者謂之器」，器乃有形之物，卻是無生命之死物，弄器以道器始可發揮其潛在價值，道凌駕於器物之上，有形反被無形所操弄。

人憑智慧為複雜的事情向著未來持續演繹，及至盡處再進行歸納，在沒有任何實驗室設備和測量儀的情況下，人憑著深邃智慧達致未卜先知，將未來懸疑未決的一切事落到實處，進而一錘定音。

　　你知道得越多，代表你見多識廣，你總能在複雜的平面數據上，築起可被充分見解的立體形象。至於叵測之人心，它們在人群中無秩序地構建，循不同情景變幻無常，形而上者謂之道，道在人心生悟，人循覺悟之心始能摒棄一切偏見、臆測和武斷。徹底的頓悟可使人無所不知，立於高地而後目空一切。形而上的心無堅不摧，一切知識於人只是縷縷冷霧、濁水橫流。

　　「予欲無言，天何言哉？」

　　偶爾你對光怪陸離的世事人情驟感語塞無言，因為你對複雜的人和事早已睇通睇透。此刻你的心和道結合並行，你會像孔子一樣仰天長嘯，說：「我不想說話了。天地萬物按道有序運作，天地為天所造，天寂靜無聲，祂何曾說過什麼？」

《無物可久立於錐》

但凡存在，尤其是經年存在的一切事物，它的存在必然合理。

假如那合理存在的事物是一個妨礙人前進的物體，每當人前進或折返，無可避免亦費時失事地要繞道而行，它的存在一時無法徹底除去，這意味這是個天然的路障，就算它長久地為你構成煩惱，你除了與之共生共存，亦必須視它的存在為理所當然。

你不要開口埋口說它是個障礙，它是生活中的一個難題，因為世上所有難題，就好像一個倒轉金字塔一樣，它不可長期穩立。若難題

奇怪地可立於路中心然後阻擋你的前路，當中必涉及許多偶發性的變數，它的豎立是個偶然，而它的傾覆，到了一個時候只需靠一個小孩子的吹灰之力即可。

難題之所以困難，是因為你誤以為它是個難題，如你發覺某現象、某人事架構、某種規律、某個制度，它的組織嚴密、固若金湯、行之有效，就算它帶給你不便，使你惶恐不安，你必須明白，這一切的存在和運行是經歷過逆流而上的艱苦過程，然後以上尖下寬的姿態穩坐於天地之間。

憑你的力量是沒有辦法推倒金字塔的，它的四邊四面是工整的三角形，底座是個正方形，若你對一切如金字塔般的事物感覺懷疑，可笑地在它面前、可移除的、可徹底推翻的畢竟是你而絕對不是它。

存在便是合理，假如哪裡有不合理的存在，你必不可對之追本溯源，它似是空穴來風，那麼一直視它為生活中制肘的你，永遠要記得多忍耐一下，因為即使它看似來勢洶洶，它來得毫無根據，而但凡缺乏根據之事，必就像倒轉金字塔一樣。試問它以塔尖倒立畢竟是何其困難，又能危立多久？▼

《成功取決於時機》

最美好的風景近在咫尺，諷刺地它被一堵高牆徹底地遮擋著。

那堵牆仰之彌高，你不僅生得矮小，背上更沒有長出一雙可使你飛起來的翅膀，即使你不斷聽人訴說：「撐著！好戲永遠在後頭！」好風景你一直視而不見，別人鑿鑿之言你自然聽若罔聞。

你並不是不信那裡必存在著絕美的風景，你不信的，卻是如仙境一般的美好就在隔著牆壁前面。你致力尋求美好的風光，你不斷改變尋找的方向，你為了走更遠的路不斷去鍛練身

體。你謙虛受教，言聽計從，撞板碰壁亦從不氣餒，可是付出過後，收獲卻總是微乎其微。

有時候你走得累了，會找個無人之處反復思量，「吾日三省吾身」你確實做到了，可是每當你以為成功在望之時，成功之美景卻還是似近還遠。

腦力、勞力、勇往直前的不死決心，還有那顆虛懷若谷、不恥下問、摒棄剛愎自用之心，這一切能使人成功的必要條件你似乎早已貫徹始終，可是所謂的美景卻似荒漠中的海市蜃樓，你勞苦終日，自問未嘗到點點成功的滋味。

你垂頭喪氣挨著那有礙視野的高牆，不斷搖頭嘆氣。忽然天上來一道雷擊，它將高牆的上半截擊毀掉，然後滿天烏雲蓋日，一場落足三天三夜的特大暴雨將本來由黏土築成的高牆溶塌下來。

你終於知道夢寐以求的絕佳美景原來近在眼前。欣喜若狂的感覺伴隨著老淚橫流，你領悟到一個真理：「即使萬事俱備，空前的勝利尚待如竊賊般闖進來的時機！」

《世人以君子小人兩分》

　　我們都是成年人，從小到大共處過交往過的人該有數不清得多，當中不論性別貧富，如我們硬要將人分成兩大類，你肯定會說並不可能。

　　你仔細想過考慮過，你總覺得若撇除了性別以外，每個人的性格、長相高度、聲線等各有不同，再加上他們的文化、家教和教育水平、個別種族和信仰等可能亦沒有絲毫相似之處。

　　你甚至會對我說：「我認識一對同卵雙生的雙胞胎兄弟，他們的外表相似得只有親身父母才可分辨出哪個是兄哪個是弟，像我一樣少

見他們，一時之間實在難以認清。可是當雙胞胎兄弟長大成人了，他們選業娶妻的傾向，卻沒有因為各自擁有完全相同的基因序列，而變得相同。」

　　人其實可以絕對卻又模糊地分成兩大界別。

　　受德行驅使的人，他們長期受道德觀念影響而活於掙扎之中，能使他們感覺快樂滿足的，是做了好事、聽到發人深省的哲理、本身的好品行獲得別人的認同和讚美，以至在一些實事上得到徹底的印證。

　　這種嚮往完美人際關係、追求美好德行又自發地嚴守生活戒律的人，當中絕大多數於早年沈迷於宗教信仰中，他們將早於幾千年前寫下的經書唸得滾瓜爛熟卻又一知半解，徒費了時間和感情在實踐真理聖言之上，直至人生經驗隨時日俱積，求真理而不果的痛苦方能休止。

　　與之相反的，是人類中的絕大多數，他們內心的德行感讓步給物慾上的追求，良心只會對獎賞和懲罰發揮作用，這種人感官和觸覺異常靈敏。為他們趨之若鶩，並竭盡所能去滿足的，永遠是高漲的性慾、無厭的口腹之慾和色聲香味之事，能觸動人心和扣人心弦的哲理、音樂、文學、藝術之美，在他們心中並無價值。

追求滿足物慾的人，對出自泥土的一切事物：黃金、鑽石、鈔票、貴金屬、食物和房地產等皆有所涉獵，並努力去掌握和凌駕。

　　孔子説：「君子上達，小人下達。」意思是：君子向上走，小人向下走，或者再具體一點説就是，君子努力向上求得仁義，小人竭力向下追得財利。

　　若你明達，甚至可洞悉人心，你會以最簡單的方式將世人二分：君子與小人，便是了。🌀

《捨不施予手足健全的人》

欠債累累，債期又長，每月總有一半收入，就算是勒緊褲頭、不吃不喝，也要乖乖交出來還債。

年頭到年尾，過著甚為吃緊的日子，東砌西湊，少一分錢便是逾期還款，中年女人過著的生活就是杯水車薪，朝不保夕。

她掙扎浮游在債海之中，半身陷於冷水之中遲遲未及上岸，她感覺到的世界是冰涼的，遇上的每一個人，都是心腸剛硬、冷漠無情的。

在債女心目中，世上沒有一個好人，即使是有，卻止於初見之時。對於她來說，人認識

得越久，朋友交往越深，本來親切和藹又能帶給人溫暖的他們，忽然會顯得人臉生疏，對自己的態度會從熱情而變得冷淡起來。

債女從不會明白長貧必難顧，人生存目的無非是要找尋快樂。她運太霉命太黑，又無力自救的話，人人驟感和她一道無論共事或做朋友，都會受到她牽連，心情因她受影響。

人與人要建立良好關係，必先使自己弄清白搞乾淨，高的要遷就矮的，人若是太矮了卻刻意要高攀別人，反使朋友間的相處無法平視對坐。下下有求於人，望人接濟，自然使人厭惡，並敬而遠之。

梅艷芳在生時疏財仗義，佔她便宜的人頗多，朋友問她借錢還冤枉債的幾乎無日無之。

有次梅艷芳接受傳媒訪問說：「朋友前來問我借錢，我屢應不爽，可是每當我開出一張借款支票，未幾那人便杳無音信，從我的世界中消失了。我每一張支票等於送走一個朋友。」

娛樂記者問梅艷芳說：「那你以後會繼續借錢、開支票給你的朋友嗎？」

　　梅艷芳說：「我借錢給別人從來不求償還，還我的話我當什麼事情都沒有發生過，可是他們卻多數選擇不還，然後我亦再沒有見過他們了。」

　　借錢是迫不得已，借錢不還，債女行使出來的特權，是雙重的迫不得已。

　　那個漂浮在債海中的中年女人，在人生的波濤中載浮載沈，同性女密友們無一不是她的債主，債女對還款給好姊妹一事一直採取拖延策略，甚至有錢不還。

　　她在一些專門服務男人的聲色犬馬的場所工作，客人找她減壓洩慾，她在定額收費之上要求他們雙倍的額外打賞。

　　有一天債女碰上了一個中年男客，發現那人學識非凡且外表斯文俊朗。男客食髓知味，來來回回找過債女好幾次，他們在黑漆一片的桑拿房內有過很深入的交談，不消兩月他們二人便互生情愫，然後見面變得頻繁起來。

　　中年客其實並不富有，卻可憐債女的身世和遭遇，愚蠢又不自量力地將本身一半的收入全用來幫助債女還債，自己反而生活拮据，剩下來的薪資只夠坐車糊口，就連定期儲蓄的習慣也漸荒廢了。

中年男人「助養」債女所花的金錢變成了一種恆常開支，他對債女累積起來的捐助多得已無從稽考，此消彼長的情況下，債女的大債因他的無償援助逐漸舒緩下來。

　　債女再名不符實，她尚欠的債務只消兩三個月時間便可連本帶利還清還楚。她不僅不再需要中年男人的援助，單憑桑拿中心眾多恩客的捧場和打賞，她的收入就可多到就連貧窮都稱不上。

　　可是債女貪得無厭，她向中年男的貪噬不因債務還清而中斷，而且他們的愛因為債女不債、恢復自由身而變了質，中年男人對她眷顧和愛慕依舊，可是他的愛畢竟已成了單方面。

　　為了貪圖那男人的金錢，債女搖身一變成了個演技精湛的影后。在中年男人面前，還是一副可憐兮兮的樣子，每逢月底發薪，債女永不忘提醒他援助金又到期了。

　　轉眼十年，中年男已成六旬翁，作為獨生子的他，他爸爸九十高齡歲笑喪，終遺下一個老舊住宅單位作為給兒子的唯一遺產。

　　債女當然知道了，她對男人說：「我終於等到你發達了，共患難不如共富貴，那個住宅單位你打算怎樣處置？」

　　男人說：「這十多年來我為了幫助你還債，每月剩下來的錢入不敷支，我將房子賣掉，拿一半去清還那些私人貸款和信用卡透支；剩下一半省著用的話，恐怕還足夠我們餘生清茶淡飯過日子。」

　　債女心想：平生我最討厭的就是這種老老實實，卻又一輩子沒出頭、沒發達的男人。要我陪著他清茶淡飯過日子？我才不會呢！他不能給我過好生活的話，我還有一大班水魚等著我去依靠呢！🦋

《我不變，人在變》

　　不知道是自卑心理作祟，還是我缺乏自信和自知之明。從前我時刻渴望別人認同我努力在做的事情，接納我深思熟慮的意見，以至讚美我學業和工作上的表現。

　　只因為我律己以嚴，我儘可能滿足自己為自己加諸的苛刻要求，每每當事過境遷，我回頭作個檢討，總發覺自身能成就的一切只是好壞參半，離完美的結果總存在著一定的距離。

　　當經驗累積到一個程度，我發現原來外界對自己的讚美甚為稀罕，他們對好人好事總會

三緘其口，反而只要看出別人的瑕疵，或意見與本身相違，他們會毫不猶豫、口誅筆伐地去攻訐他人。

所以人前人後若我不被過分批評，大部分人願意和我交往、予我信任，工作時願意配合和聆聽我的意見，我大概肯定我算是好人一個了吧。

我經常觀察和仔細感受別人對我的態度，戒絕了主動問人我好不好，我做得怎樣之類毫無意義又使人尷尬的問題。只因為聽其言、觀其行，觀察人的行為永遠比光聽白話來得更清晰準確且更為真實。

原來自知源於他知，不合世情常理之事這世上甚少發生。我能從別人身上看得到自己的影子，同時亦可以憑衡量別人對我的態度和行為，再結合自身的初衷，得出來的結果為自身作準確定義。

即使人言可畏、人心叵測，我習慣地以他人的行為作為他心的借鑑，同時我知彼以知己，以身邊人為我的多面鏡子，去照明自身。就這樣，我成功擺脫從前對自身價值的懸念，我再不需乞求別人的美言讚譽，我憑己彼之獨立判斷已能自明，以獨善吾身。

近兩年來我運氣飆升賺了大錢，日常生活變得較從前忙碌，自信心也大大提升。我本想藉此良機，鞏固既得所有，多結人緣，力求事業更上層樓。當以為能緊握自知源於他知的真理，並配合財富上的厚積薄發，我必可獨步天下，無往而不利。

原來我所悟到的一切，畢竟還是稚嫩單純，我對無常世情過分低估，原來人心是如此複雜，如此莨莠不齊。

我對自身的持續修煉，和短時間建立起來的事業成就，非但得不到別人欣賞，反使我看透一些現實中的涼薄、無情和因財失義。

我沒有因為我的小成而氣焰囂張，刻意炫耀。我只為我的小居室作個翻新，又買了一部二手車。我願意在能力範圍內和我愛的人分享我的所有。天秤座的男人極少會富甲一方，我從平平淡淡的過去驟變成現在略有小成，靠的是個人努力，亦屬運氣。

我從來追求和別人和諧共處，患難時相濡以沫。當我近年來有著如瞬般的轉變，我和朋友間的友誼不再，他們不是刻意避開我，突然消失無蹤，便是冷漠對待我。

　　我沒有不珍惜這些累積起來的友誼，可是恕我真的愚昧無知，我再沒能力去重新認識他們。他們畢竟變了，為何變、為誰變我無法猜透，只知他們原來只可共患難而不可共富貴。

　　從前我對朋友們的了解既深且固，事到如今，一下子竟然人面全非，到最後我就連一個朋友也沒有了。🐾

《好極致其壞，利盡生其害》

　　大喬木根深柢固，穩植羊腸小道曲凹處，它固若金湯地任由風吹雨打，人為撼動而永不可倒。

　　繁茂樹蔭下遊人躑躅，幾個小子玩耍，旅客途人乘涼，多年來大喬木為各式人士貢獻良多，全因為大樹好遮蔭，蔭下涼風習習，使人享得短暫舒適安全。

　　參天大喬木吸收日月精華，上千萬樹葉層層遞落，產生出的光合作用以日光作為能量，將二氧化碳和水轉化為氧氣和葡萄糖，它的地根盤錯將鬆軟的深泥抓緊，並能吸收當中的水分和礦物質。

　大喬木自給自足，從來不假外求。它不靠人去刻意培植，卻能按年扶搖直上。

　好極致其壞，利盡生其害。

　原來平平凡凡的喬木旁立在羊腸小道的曲地，當十年易過，如今已變成龐然大物。它大得霸道，枝椏最低之處伸向狹窄的車道，足以防礙車輛前進。

　往往經歷過春風秋雨，一夜之間無數落葉從樹蔭掉散一地，清道夫無暇兼顧，枯葉自然隨輕風任飄，並波及小道兩公里範圍內，一路上凌亂得有礙觀瞻。

　良禽擇木而居，上萬雀鳥選大喬木作棲息之地，鳥鳴唧唧喳喳無日無之，寧靜鄉交小道不復寧靜，民居舍宅飽受噪音滋擾。更惹人討厭的是鳥糞從大喬木枝上落滿一地，污穢物勤須清洗，勞民傷財。

　大喬木存在的好處壞處相抵至零，遊人當然樂見其存，居民反視之為麻煩製造者，是危害行車安全、環境寧靜以至地方整潔的罪魁禍首。

　有個濕度極低的罕天清晨，小路路面突然出現一個裂坎，經居民仔細勘察，發覺連綿深坎源自不斷增生的大喬木地根。

大喬木做的好事多為強化了居民醞釀多時的，將它砍伐下來的憝懟之心。一眾怒民回家準備好拉鋸子、斧頭和剪鉗，約好下午氣溫驟降之時，一起將大喬木砍掉移除。

　　大喬木目送人群漸散，心知死之將至，便以落葉的方式流下淚來。這一落，大喬木的葉子掉了一半，混合了本來滿地的黃葉，一大截小路頓化成了個葉海。

　　到了下午三時，日光稍為收斂，十多名居民各自攜上伐木工具，準備將大喬木砍掉。

　　當他們經過路面的裂坎，忽然烏雲蔽日，小路上視野模糊，一道罕天雷向著裂坎打下，路面頓時被擊至體無完膚。

　　居民紛紛躲進大喬木的蔭下，互相問候一下，然後各自心裡有數：「大喬木乃吉祥之物，它有感觸天地的靈性，我們絕不能將之砍下。剛才那罕天大雷非常少見，是上天降下來給我們的告誡和警示。」🐾

《無知致恥》

　　正因為我們的一生，從構成、發展直至到達其終局，整個漫長的過程中只有微乎其微之可能，由人的主觀意志可左右。

　　所以人不必為世事之無常、生命中的成敗得失，盡看成由自身所造成，不論好壞全是人為之結果。你不必為不好之事恆感悔不當初，以為曾經發生在你身上的，有過不如人意的，假若從前的你聰明一點，可高瞻遠矚，這些事情可適時避免。

　　往往人只可在人生中寥寥無幾的兩三個重要關頭中，為自身作出關鍵決斷，使本來黯淡

無光的命途，突然起死回生，徹底地扭轉乾坤。

有時候你會討厭自己。

你曾做過的錯事，它們衍生出來的壞影響，是損人不利己。這些錯誤一旦作出了，便覆水難收，它們在你的心表留下永久不可磨滅的深痕。

錯事雖過，曲境亦遷，懊悔遺憾的餘恨感卻依舊存在。錯誤經歷長久的沈澱，你從當初的年少氣盛，至今已變得沈穩內斂。當回想起陳年往事，你自會發覺你犯過的錯雖禍延甚遠，影響甚深，卻是無可避免，亦情有可原。

當日的事情歷歷在目，你自然記憶猶新，可是長久以來，你只知做錯過，卻未能就錯事來個徹底的反省反芻。

某日你看到一個不認識的年輕人，他無獨有偶重複著你做過的錯事。你仔細地觀察著，你深感他犯下的彌天大禍，實在完全可以避免，無論他犯錯的原因有多少，這些原因永遠圍繞著一種缺乏犯罪動機的無知。

遺憾地人心總存在著曠日耗時的無知，無知要得到突破，人心要醒覺起來而後達到睿智，如此超升的過程絕不能容納於單一的犯錯之中。

　　無知本無錯，可是人往往因著無知而犯下不同程度的錯誤。凡事你未曾經歷過的，你越是對它感到陌生的，你犯錯的可能性必定會增加。而當你成長了，你的經驗豐富了，你終於脫離了無知，你重蹈覆轍的可能性才會減至最低。

　　當錯誤純粹出於無知，縱使無知本身並無罪性，你自會為著所犯的錯誤而感到羞恥。

　　無知致恥，知恥近乎勇。

　　無知之錯也許是個註定，而當你錯了，你會嚴加責備自己，然後決心摒棄再犯，去避免羞恥。這意味著你正努力地擺脫無知致恥的註定，並設法為命運注入你的主觀意志。你知恥而後生的免恥之勇，正是邁向智勇雙全之大道。

　　到了一個階段，你閱歷漸豐，從以前的莽撞無知變得成熟持重，無知所帶來的錯誤，因錯誤而生之羞愧，漸與你遠離至毫無關係。

　　你不須以犯錯的代價去學做人，無論你說什麼話，做什麼事，將不會輕易逾矩，你的人生從此隨心所欲了。

《罪樂》

　　其實錯有什麼不對？反正錯誤犯來多數是出於無知，缺乏人生經驗，或者有時我心高氣傲，自信過度，偶然誤信謠言讒言，因幼稚思想被人誤導致行差踏錯⋯⋯

　　由此種種而生的錯誤，錯了自然不會再犯，錯實非錯，它的性質其實是使人改正過來的反面教材。

　　錯誤本來與我無關，它們的發生全非因我明知故犯，錯看起來愚蠢，正因為可免則免又無可避免，每當我向我所犯的錯誤作仔細端詳

時，會發現即使是錯，它其實存在著許多令我受益的正面之處。

我從錯漏百出之中看出正確，錯誤以逆向的角度為我指出正道，它帶給我無比的痛楚，然後我才有了避過錯誤進而避免痛楚的概念。重錯相當於復痛，重蹈覆轍致使循環往復的錯痛促成了我改錯歸正，久而久之我終於掌握了凡事正確的竅門。

我一直做著正確之事情，正確的人生無疑是種善因而得善果，從前我未曾行差踏錯，我對錯誤的慘痛後果一無所知，以為錯誤甚少發生，它與我關係甚微。可是當我犯錯連連，那痛處痛完又痛，我終覺悟到正確實非必然，反而對錯交疊，它們並存在一起，然後相互推陳出新，人生畢竟由對和錯相互結合拼湊出來。

我想我能永遠避錯誤而遠之，我在想當我犯過的錯多至錯貫滿盈時，再錯的機會循經驗累積將逐漸減少，結果錯就如水落，正確就如雨後春筍般冒出來。

錯與罪之間，恆以錯誤而生的痛，和長期受痛楚折磨之後，那種不復再痛的麻木感覺作分冶。原來明知故犯是一種無痛感的錯，這錯準確地說，叫做「罪」。

　人老了我再沒有赤子之心，對所犯的錯誤，尤其那些可帶給我樂趣的，我再沒有因過犯而生出敏感的痛楚。我的良心，因錯痛不斷重複，它變得剛硬耐痛，心表的疙瘩之處，反而經常要去犯罪來搔那癢處。

　犯罪是明知而為，當中的樂趣亦只有浸淫在罪惡感之中才可獲得。為了從犯罪而獲得樂趣，我不僅肆無忌憚、膽大包天；為了罪樂而免受懲罰，我甚至開始動起腦筋來。每次我犯了罪，最終能成功逃脫，那從罪中得樂之上，再加添了巧獲智取的刺激感，我所得到的雙重快感，絕對是藝高膽大的罪人才配有。

　犯乃明知之故，我眼見為實，太多犯錯的人從來不是出於無知。試問成年人一個，曾經歷過無數次錯與痛的循環，他們要是犯錯，過犯行為之前豈會沒有將受挫痛結果的先見之明？世上一切犯錯誤的人，我一錘定音，肯定他們是明知故犯的了！◐

《不配的人什麼都想要》

魔鬼以千萬種方法引誘並滿足一心投向他的人，人按照魔鬼定下的法則，為了滿足物慾和虛榮，以心念和行為儘量符合魔鬼的要求，營黨結私，並儘可能迫害那些正直善良的人。

魔鬼使人對物質產生出微渴，又誘導他們進入得物以止渴的蹊徑。人心受魔鬼進駐而產生出逆念，每每以非法手段獲得滿足，不義然後獲得大財，他們毋須通過信仰的方式，反而以眼睛看見、手能觸摸得到的身外之物，對魔鬼（他們的主人）的存在予以絕對肯定。

　　物質財富難得，被魔鬼控制的人便超見饑且渴，魔鬼為了牢牢將人心緊緊掌控，它不會使人絕渴，反會以擠牙膏方式，以偶爾發一筆橫財的方式，使人對它忠心不二，死心塌地，永遠追隨。

　　這世上的人超過百分之九十九受控於魔鬼魔下，他們對金錢物質、葷厭美食、裸體性慾、流言蜚語、階層門第、權力貴賤相當敏感。因為這絕大部分人都是瞎子耳聾，一對眼睛對真實似見非見，一雙耳朵充耳不聞，他們活於真理的外圍，那裡既冷且黑，人人自保人人自危。

　　上帝是光明的，他無處不在，絕大部分人對上帝視之不見，對真理置若罔聞，因為上帝並沒有為世上百分之九十九點九九九九的人開眼開耳，他們眼耳與心不相連，聲稱所看到的一切就如鏡花水月一樣虛幻，聽到的都是些是是非非、低俗吵罵的聲音，和一切似是而非的旁門左道。

　　普通人總以眼看、耳聽、雙手觸摸、舌嘗或從互磨身體致快感以外的一切為絕對真實，上帝有見及此，他咒詛大地，使一切出於生於泥土的歸入物命，物遂受上帝咒

詛，沒有任何從泥土而生的一切可永遠存在，而那百分之九十九點九九九九的人永遠不能活超過一百二十五歲。

上帝容許世上有罕人天使行走大地，這些人出於至善的母親腹中，天使初年在世經歷能人所不能，乃至高人所不遇的磨難，他們以永遠立於不敗之地之身步進中年，五十能知天命，六十而耳順，七十從心所欲不逾矩，完全不受物命控制，晚年得享無人可有之自由。

天使罕人在地上遊走，他臉上時而嚴肅時而殺氣騰騰，內心不慍不火，眼裡看出的一切所得見解與眾不同，耳聽人言從善如流，人的善惡美醜和正邪成敗一看便知、聽而耳順。天使眼耳連心，一切憑心感受，他能洞悉人性，靈高物低可目空一切。

在天使罕人的心目中，眾生無非眾愚，他們屬天下間鳳毛麟角，深明若將至理以言語表達出來，必遭受眾人仇恨和唾棄。

天使如陰木坐濕土，如花似錦被微潮泥土長期滋養。他們天生天養、榮華豐足、不假外求，平常樂天知命、運籌帷幄、趨吉避凶、吉人自有天相。

　　他們行事低調、氣質高貴，有如穿著一身潔白長袍穿梭於紅塵俗世，每當他看見一個人時，內心對那人的身世、性格、他要面臨的福與禍必有所深諳。天使對本身的料事如神漸感到相當厭倦，他有日走到海濱長廊，原來平靜的海港忽然以十米浪花向他致敬。

　　天使無語問蒼天，內心希望世界末日快將來到，屆時上帝必會向世人顯示，誰將可永遠活著，享受天國無限福澤；誰將通通被擲進地獄，領教一下什麼叫做煉獄永不熄滅的火焰。

　　這時候，天空中並排五隻烏鴉飛過，一隻發出「吖吖吖吖吖」五下叫聲。天使斥責烏鴉無禮，同時他明白這五叫吖聲的意思就是：「你在煩什麼？」

　　天使看著白頭浪花，回答烏鴉的話：「唉，這世人既愚蠢又邪惡，不配的人什麼都想要，配的反而什麼都不屑！」

《譚大仙》

　　譚從財年輕時科舉落第，成績乃五千名應試考生中位列一百零一。朝廷負責考試題庫的高官，當將試卷重新整理一遍時，發現從財的字寫得標青奪目，答案雖未為最好，卻又言之有物、字字珠璣。經過大學士和丞相仔細考量，一致認為他是個被看漏了眼的優材，幾名朝廷重臣遂在朝會上向當今聖上明太祖朱元璋稟告，諫說科舉制度嫌有疏漏，放過了如從財一樣的奇才，望皇上准奏，委從財廣東郡衙督一職，為當地百姓出力服務。

　　從財一日在家中領過聖旨，知悉被委任五品地方官，感覺喜上眉梢，當晚趁欽差尚未回京之前，親筆以青墨夾雜淚涕，寫了一封信以答謝朱元璋的隆恩厚愛。

　　從財為官清廉，勤政愛民，當上郡督一心改善平民百姓的生活，可是粵廣一帶畢竟太過貧窮，道不修、渡河橋樑亦缺乏資金修建，基礎建設乏善可陳。貧農秋收冬藏有多少，在水利建設嚴重不足的情況下，唯有聽天由命。

　　適逢惠州一帶以養豬牛羊致富的土豪吳方正，他希望積累多年的財富可有序地分配給貧民，他本身出身貧困，深明民眾生活之苦，故對捐獻之事從不吝嗇。可是人怕出名豬怕壯，吳方正不想以大闊佬慈善家自居，同時又欣賞郡督譚從財的才華和品德，所以每次為貧民開倉派米，解囊奉獻，會以從財的名義作出，他這樣做的背後理據是將貢獻和心力盡歸於朝廷，並盡量將受眾者的感恩圖報之心，繞過他本人反而盡歸予當今聖上。

　　因為方正深明粵廣一帶近年盜賊猖獗，他一直隱藏本身的財主身份，如果捐助做得過於張揚招搖，恐怕對本身的安全相當不利。吳方正的想法和做法未被譚從財

反對，農民為答謝從財，時不時會將花牌和農收回來的作物放在衙門大門前，送贈給從財以表謝意。

吳方正不僅捐錢，還斥資築橋鋪路，為老年人修葺房舍，又協助挖掘引水道，為農民灌溉農作物。他經過十五年的慈善事業，整個粵廣地區人民的生活和社會面貌已大為改善，農民出產的莊稼不僅自給自足，而且尚有餘有剩，外輸四方省份。

可是譚從財平日多吃少作，罹患高血脂症中風失求，死時只有三十三歲。從財出殯當日，上萬農民萬人空巷護送靈柩從靈堂運至墓地落葬，有幾名村民領袖說：「假如沒有郡督譚從財，我們便沒有今時今日！從財有著大能，他有求必應，拯救萬民於水深火熱，能化腐朽為神奇，他絕非普通人，他簡直是個生神仙。我們應該為先人譚從財建座譚大仙廟，視他為神仙，日夜派人輪流供奉，付上香燭祭祀之物，並設今日他死忌之日為譚大仙日，以作紀念！」

自此，譚大仙廟香火鼎盛，善男信女到此景仰供奉者眾。諷刺的是，真正為萬民奉獻本身心力財富的吳方正，他的農舍卻因一次大型豬瘟疫引致損失慘重，上千

豬隻因疫病蔓延而死，連牛羊也被波及，方正一夜之間，從千萬富翁變成負債累累的亡命之徒。

吳方正為了避債，逃到偏遠的開平表弟家裡去。表弟問落難表哥吳方正說：「表哥，離這裡只有十公里遠的新會，有個譚大仙廟，聽說拜譚大仙能消災解厄，多拜大仙自有大仙保佑，若果求得好籤的話，更可趨吉避凶，不如我們明天就去！」

《抱殘守缺》

　　耶穌對門徒說：「如果你的一隻手或一隻腳使你犯罪，就把它砍下來丟掉；你的一隻手或一隻腳進永生，總比有兩隻手或兩隻腳被投進永火裡好。如果你的一隻眼使你絆倒，就把它剜出來丟掉！對你來說，缺一只眼進入永生，要比雙眼齊全被丟進烈火的地獄裡好多了。」

　　耶穌說這些話，鏗鏘有力，字字珠璣，真理確鑿無疑足以撼動我心。這些年來，我信耶穌，以祂為我心中唯一的真神。我知道罪人如我，只可憑藉對耶穌的堅信，我的罪才可被赦

免，從前我和上帝之間的隔閡，我將因信而被稱義，戴罪之身既往不咎，我將和永生上帝重修舊好，死後不因罪犯而受火煉致永死，反而可從死裡入生，得享天國永福。

我卻不會按耶穌所說，因為偷竊或亂摸不該摸的一事一物犯了罪，而將本身的黑手活活砍下來；我亦絕對不會因窺淫女人，偷看別人私隱，犯了因為眼睛而犯的罪，而貿然將眼睛剜出來。

如我心不正，即使我將雙手雙腳、雙眼、舌頭、耳朵、鼻子通通用刀砍下割下來，我亟待以犯罪去獲取罪中之樂的心，這心將如水銀瀉地無孔不入，它反會朝向我其他尚健全的身體各部分去繼續作惡，持續犯罪。

剜這個，斷那個，對不犯罪本身無補於事，難道我為保住不犯罪，早該一了百了趕緊去了結生命，以相對上潔淨的身體，去換取上帝的輕饒？

罪與不罪，和一個犯罪玷污了上帝名的人的四肢、五官甚至性器官並沒有攸關之繫，它們只是行使罪行的手段，受壞心腸驅使，由心而發被染惡心靈利用作犯罪工具。行為固然為被定罪的真憑實據，可是真正使人犯罪的，畢竟是內心的不良動機。一股邪念，它源於人的

靈魂，源於人的本我，性質本來就是一顆邪惡的內心。

耶穌説為免人因罪犯被扔進永煉獄火，人便不要去做這個那個，或情願將犯了罪的個別肢體剜割，總好過整個身體陷入地府陰藏……行為發自內心，人做什麼好與不好之事，在未曾雷厲風行之前，究其實早已撫心自問，必先通過與生俱來的良心核准通過。

做了壞事，人先是違背良心，心靈在惡行被付諸實踐之前，多數會經歷過善與惡的徘徊，乃至內心掙扎。

心靈乃萬惡不赦之誘因，我們內心本藏偷呃拐騙、佔奪淫邪、怠懶塞責、欺世盜名、貪財好色之惡。按照耶穌所説，惡行便要以斷肢去斷其行，肢既已斷，我還可保留殘缺的肉身，到大審判來臨之時，倚仗進入天國的大門。

也許我為耶穌親説斷章取義，我為了運毒品往極刑為合法的新加坡去獲取暴利，找了兩個本地年輕鄉下仔，預付機票和酒店費用，將兩公斤海洛因塞進一個牡丹花瓶，然後小心翼翼送他們到機場，要求他們抵達新加坡之後，親手交到我指定的當地一位酒吧酒保手上。

他們兩個剛剛過了十八歲生日，結果在樟宜機場被逮捕，成為去年三十三名被慢速吊死的運毒者的其中之二。

　　因運毒而被活生生吊死，我一擔心機當然就是見財化水了，我的罪沒有實現在親自運毒的行為上，也許那兩個年輕替死鬼只須砍掉運送海洛因的雙腿，還可以殘缺之身，因信稱義榮登天國。如今極刑經已執行，我當然置身事外，繼續拜神了，可是他們呢，按照耶穌所說，斷其肢該是種恰如其分的重罰，新加坡政府硬要他們以死抵罪是不是過分了一點？◆

《巨門》

三人行，必有我師焉。我們三人同年生，感情好到以姊妹相稱，今年同樣三十歲，恨嫁的心呼之欲出。當走在一起的時候，除了分享工作、時事八卦新聞之類，當中最能教我們逛百貨公司逛至累極、卻忽然被觸動又起勁過來的話題，首要的是互說男人經、男朋友諸事。我們三人變相是個戀愛互助協會，會務之急是要處理情傷或因為男女私情為各會員帶來的煩惱糾葛。

我們將我們的三人行儀式化、制度化、定期化，視閨蜜間的交往和互動為一種學習、交流，乃至被現實種種壓抑了的心靈的一種紓解。

其實我們三人的背景身份相當懸殊……

我家境富裕，教育程度高，是個執業會計師；明艷則是個宅女，她出身寒微，工作普通，收入普通，三十歲人未聞過男人狐臭味；淑雅呢，她只讀過中專，一直在酒店前台工作，她的語言能力是我們三人中之冠，英語、普通話朗朗上口，發音標準，天生交際應酬的能力強。

淑雅的男朋友多如天上繁星，我和明艷則相對內向，當談到關於男人之事，淑雅就好像大學教授向莘莘學子灌輸其獨特見解。往往我和明艷聽她說得精彩，內心對其言論雖然有所保留、不置可否，她在男人堆中所得到的歷練、見識和強大修為，足教無知的我倆推心置腹，欽佩誠服。

聚會總有去處，當聚在一起的時候，總要有個話題，我們三人曾經五次結伴出國旅遊，從策劃到成行，到集資和分攤開支，決定權在既被動又沒有主見的我和明艷之間，自自然然流向淑雅一人的股掌之上。有時候，我們對淑雅在互助協會的主導地位樂見其成，可是偶爾遇上一些無可避免的齟齬，我和明艷明明一同站在反對立場，

最終卻因為淑雅三言兩語、極具說服力和熟練的口才而被逐一擊破。

　　我知我小器，明明主意不多，依賴性強，事事仰賴別人為自己出主意，矛盾地我對淑雅的主導地位口服心不服，畢竟我學歷比她高，家底比她厚。試過好幾次在各抒己見之時，我肯意表現得甚為堅決，目的只想取代淑雅的指揮權，可是次次淑雅以三兩撥千斤凌駕於我，我心又軟起來，最終又和明艷一道，什麼都聽她好了。

　　原來摯友閨蜜並不代表關係就必定完美無缺，我和淑雅久而久之萌生怨懟，雖不至於演變成激烈衝突，意見不合卻經常有，唯有明艷持重老成，屢屢為互助協會的傾軋存亡發揮作用……

《
鷺
梁
津
》

　　南韓煙民，肯定比香港多很多，其具體數字我雖沒有深究過，可是每走到首爾街頭，眾多的便利商店陳列著的煙種五花八門，教我這個進城大鄉里大開眼界。

　　煙種多，便利商店收銀台後面的壁櫃羅列出上百種不同品牌的煙包，遠超過在香港境內出售的種類，我一看便知，首爾煙民必定比香港多。

　　香港煙民以男性為主，吸煙人士在全體七百多萬人口中佔約十分之一。在香港，可供吸煙的公共地方相當多，只要不影響行人，吸

煙者站在街角的橘黃色垃圾桶旁，即可點煙慢抽。反觀今趟我身為個三十年煙齡的老煙槍，來訪首爾五日四夜，發現自己竟置身於到處禁煙的天羅地網之中，這裡禁煙區處處，我吃過飯後想快活過神仙，卻找不到可供我吸支煙的地方。

　　韓國朋友外冷內熱，就算平日如何地節儉省錢，節衣縮食，請客食飯必會大破慳囊，更遑論我是個為他們帶來大生意的港客。今天下午，他們兩個韓佬開了部全黑色經典韓國現代禮賓車到弘大假日酒店接我，上車後他們又讓我打開後座車窗，點起一支又一支荷蘭雪茄仔頂頂煙癮。路程大半小時，我們便抵達西部鷺梁津水產市場，那裡深海海鮮檔口和加工餐廳分家，韓佬為我點了帝王蟹、魔鬼魚、螺蜆和大扇貝，便一同到一樓餐廳品嘗漁民海撈的海上鮮，大餐一頓。

　　飯後我們三人不談公事只談風月，對酒當歌一小時後，我尿急煙癮發作，遂失陪席上，到處尋找可吸煙的地方。我找到了個出口，那裡是個有蓋空地，當時天未黑齊，我見有人在那裡煲煙便一口氣連抽兩根。

　　我看到一個蹲下來洗黃芽白菜的年輕人，無意中聽見他用廣東話和另一人對話，我好奇便問：「年輕人，你說的是普通話，難道你是從中國來的？」

　　他說：「對啊，我老家東北吉林省，在這水產市場混了足足十年了，我並不年輕，明年改字頭成四十歲了。」

　　我說：「四十歲還不年輕嗎？我比你要大一輪。千里迢迢，有家不歸，難道這裡工資比中國還高一點？別怪我多事，就算工資是高一截，離鄉背井，定期吉林來回首爾所費不貲，值得嗎？」

　　他邊洗菜，邊對我說：「先生，男兒志在四方，畢竟來了十年，生活上各方面我早已習慣了，我回老家看父母一年幾次，簡單得就像吃花生一樣，我喜歡這裡，尤其是韓國人的勤奮節儉、樸實無華、坦誠直率，我最是欣賞。」

　　我心想：他是個中國勞工一年到頭能賺多少錢？又要開銷，又要孝敬父母，還要往返鄉下，七除八扣，剩下雞碎錢豈不是水瓜打狗，不見一大截？

我想知道他工作的餐廳在哪裡，幫襯他買幾罐啤酒回酒店喝，亦稱得上是他鄉故知，大家中國一家人，禮尚往來亦好應該。

　　我知道他窮，先向他遞上身上那盒名貴的荷蘭雪茄仔，正要問他所屬餐廳時，忽然幾個穿著白領服的年輕女子走近，她們手中拿著賬本，用韓語，以匯報請示的態度，向那洗著黃芽白菜的年輕人滔滔不絕。

　　我感愕然，年輕人終於站了起來，從錢包中取出名片又遞了給我。名片上韓中英文並舉，上面印著「鷺梁津水產市場，黃某某，水產市場董事長」的名銜。

　　我向面前身著工人服的那年輕董事長彎腰鞠躬，說：「黃先生，失敬失敬！」

　　我作為一個成功商人，業務跨國跨界別，向來自命不凡地誇口閱歷豐富，這次鷺梁津的經歷是我自感畢生難忘的羞恥。🅥

《哪裡有我，那裡便有鬼》

　　無論我人到哪裡去，那裡我便必定撞到衰鬼、猛鬼、厲鬼。

　　曾經我每份工作都做不長，一個崗位我能守過兩三年已經相當不錯。我媽媽經常對我重複著同一句家訓：「賤口乞人憎，賤力得人敬。」自問我遵循教誨，工作態度認真，能力相當不錯，遇上困難就迎難而上，別人認為吃虧之事，我從不退縮、任勞任怨，通通一手包辦。

　　每到一個新崗位就任，我就像被上天咒詛一般，雖然為期短而痛苦，卻總有奇妙的事情

解　　165

在那裡發生。我好似被關羽上身一樣，所經關隘五處，斬將六名，後終與劉備相會。曾經我是初生之犢，情緒容易起伏，遇上那些對我不友善的同事們，打贏了大仗感覺身心俱疲，明明我沒有做錯過什麼事，不知道為什麼我有如羊入狼群，不久成為眾矢之的，被人圍攻受人排擠，工作上極不愉快。每次離開一個崗位總因為意興闌珊，心靈受到傷害然後由衷遞辭呈，我心意已決，僱主們亦沒有勉強挽留。

這些不愉快的經歷，在我二十年的工作生涯中幕幕重複上演，久而久之，我甚至會懷疑自己。我遇上的問題性質大同小異，每當碰到那些屬於別人的問題時，我總會拿來自我歸因，想必是因為本身的問題所導致。

為什麼有些人一份工作可做上幾十年？反而我呢？我從未曾找到適者生存的秘訣，從開始時工作一份接一份，到了後來我越做越霉，堂堂白領降級至藍領階層，直到我終於放棄了受僱工作，自立門戶成為自由工作者。之前，我就算是做個百貨公司保安員，或是酒店大堂負責點頭接門的小角色，是是非非依然對我形影不離，當臨近辭職的一天，我忽然得到神一般的力量，憑超然洞察力，

看準敵人的弱點，將那些對我進行霸凌、參與加害我的敵人，以一場勝仗先將他們逐一殲滅，再落入主動辭職、兩敗俱傷的終局。

曾於過去一段只教我苦不堪言、受盡欺凌的漫長打工生涯之中，我從來孤軍作戰，每個情景相當於獨獅被鬣狗群圍攻一樣，每個格鬥情節觸目驚心，但我總可化險為夷，反正以一敵眾，每次大仗奇蹟地我例必如有神助，終可獲得全面勝利。可是勝利意味著失業下崗，過去幾年我決定自己工作自己做，在旺角租了個巷子小檔口，做起牛什魚蛋小食的小生意來。

旺區生意從下午到晚上凌晨方止，我是個少睡精英，充分利用起床後到開工前的幾個小時，用來做運動、讀報看新聞、上網瀏覽諸事兒。

今天是我五十歲的生日，我打算擱下工作，到處逛下做些平日沒有機會做的樂事。我起床未幾便打開手機，當看到臉書有幾十紅點訊息通知，便單擊進去查看，訊息通通都是為我祝賀生日而發，我看到當中有個久未見面的意大利同事，他同樣地為我道上簡單祝賀。

我私訊他一下，發現他竟然未睡，恰巧彼此有個三十分鐘的空檔，我和他便展開了深入的對話。話中我向他談及從前發生過的趣事，和工作後期我感覺的一些不快之事。

　　他便問我：「你信耶穌嗎？」

　　我說：「聽得多，但我不信。」

　　他說：「其實你與眾不同，你的經歷和耶穌相似，彷彿神就駐在你的靈魂之中，所以無論你到哪裡去，在那裡你必定撞到衰鬼、猛鬼、厲鬼。他們莫名地恨你入骨，只因為你溫柔又帶點威嚴，有著神一樣的特質，反而他們都是壞人，一直被鬼魂附身。」✿

《直覺為神》

但凡失而復得、得之意料之外使你又驚又喜，那復得之物必定貴重中用，如今它重入於你股掌之間，必教你感到妙不可言，它明明擺在眼前，一時之間卻又你難以置信。

更遑論你的寶貴生命，明明曾經遭逢劫難，性命堪虞，身處逆境徹底躺平至奄奄一息，當時你已陷於絕望，唯有在絕地合目靜息，等候著死神來臨至……

當下四野無人，忽然有仗義之士將你背起，又為你供暖給你飲食，死過翻生的滋味自

然險過剃頭，可知道人逢大難終不死，性質上和失物失而復得之間，究其實貫徹的是同一道真理⋯⋯

就是冥冥之中自有主宰，物不致失，它蘊含重大價值，你又是個君子好人，向來對身邊人士貢獻良多，別人視你為活寶貝，你早死或死於非命均不合天理，上天為必定在那千鈞一髮、生死繫於一線之間，將你從危厄之中拯救出來。

逃過一劫，我脫胎換骨，智勇雙全，死神為我的靈魂留下殺印，上天在我絕處逢生之間，奇妙地使我領悟到出死入生的人生奧祕。

我從此再不用為衣食住行擔憂，反而以餘下來的生命執行上天交托下來的使命，彷彿我身是人，靈裡卻安放著神明，我以道成肉身的天使身份，在地上替天行道。額上印著只有被邪魔外道所能看到的隱形墨水封印，警告那些要迫害我的人切勿接近和加害於我。

我發覺這世界雖大，當人走在一起時，我和億萬人就好像擠在一條小船之中⋯⋯

海面平靜，波濤無常，我先讓所有人登上船板，自己卻是最後一個登船的人。小船搖搖曳曳，我在船尾向

前方打量，當人人相安無事，各佔一隅時，我直覺認為他們安坐的位置，前後左右皆為高風險地帶，要是一個大浪打來，當中許多人必為狂風巨浪吹翻墮海，難免被海浪捲走。

我最後登船未有刻意選擇座位，果然這條並非萬年船，當渡過五大洋、穿越四季極端氣候之後，我是寥寥無幾的還能安全留在船上之人。那些人早已被風吹打至一撲一磔，旋即被捲進漆黑一片的無邊深海之中。

和我並排而坐的人當看到不遠處那陸地岸灘，看到那裡流水淙淙，有果子有各類飛禽走獸可捕獵作食用，知道經歷了海上的折騰之後，終於找到眼前那極宜居的聖境秀地。

他們對我表達了感激之情，說：「可幸有你，甫登船便引領我們和你一道排坐。一路上我們有驚無險克服一切顛簸，經過無數驚濤駭浪，現在我們才不至於死，還可以登陸在前面美麗的仙境，過著快樂安穩的生活！」

我說：「我沒有刻意選擇船上的座位，我只知道當初絕大多數的人所坐的位置都是死位，他們在狂風巨浪中必死無疑。那時候我叫你們和我同坐，因為我知道坐

在這個範圍的人必定安然無恙，可渡過任何顛簸波濤！你們信了，現在就生存下來。」

他們問我：「先生，你是如何得知，我們的座位是絕對安全的呢？難道你是個航海家、經驗豐富的船長或者水手嗎？難道你是個生神仙？」

我說：「通通都不是！我甚至不諳水性！只是我曾經死過翻生，歷盡險阻，出死入生。其實我做什麼、下什麼決定從來不經大腦思考，通通只憑直覺。直覺為神，直覺是求生的本能，我亦可憑直覺去趨吉避凶，知道如何避過死亡。我和別人的不同之處，就是有著這樣的直覺和預知能力。」

《涼茶》

　　自我大學畢業正式步入社會工作至今，不知不覺就是十二年，這是我的首份工作，我一直深信這份工作同樣能締造成為我的終身職業。

　　由上而下，無論是老闆上司，乃至同輩下屬同事們，我們相處融洽，做起事來彼此有商有量，同聲同氣。我得到老闆的賞識，做起事來得心應手，特別起勁，每天上班對我來說就好像回到家中濟濟一堂，從來沒有像別人一樣，感覺工作辛苦又要受人閒氣。

　　當工作五年過後，我彷如進入無人之境，三年內升兩次職，還未到三十歲，已涉足管理層。

　　平日當我忙過三兩小時，習慣到茶水間沖杯熱咖啡提神醒腦，每次總碰到負責沖茶遞水和簡單清潔的阿姨，我和她見面時總會互相問候，閒話家常。據知我和阿姨的獨子同齡，所以當我們朝夕相處久了，她甚至對待我如己出一樣，除了關心我生活日常和工作情況之外，她視我為自己兒子的榜樣，經常說他要向我學習事業上平步青雲的秘訣。

　　我和阿姨一家人曾有過十數次的私下飯聚，公私之間，我們界限模糊。見過後，我和她的兒子談得投契非常，相處起來有如親兄弟一樣，由於我手頭比較寬裕，吃飯埋單開支有限，我總是主動解囊。

　　近年來公司生意大不如前，正值我在這裡工作差不多十二年的光景，這幾年以來，老闆未開源先節流，先後裁減十多名員工。長久以來那些歡笑聲再聽不見，同事之間的人情味開始變得淡薄無情，離愁別緒一幕接一幕，上月炒一個，今月又炒一個。上下各人原有的安全感蕩然無存，人人自危，為保飯碗個個變得自私自利，流言蜚語滿天飛。

我年紀雖輕，但自信地位穩固，畢竟在這裡工作時間之久，在云云同事員工當中數一數二，我自問沒有被裁撤的風險，每日如常工作，偶休十五分鐘，亦必定會和茶水阿姨搭訕搭訕。

　　最近有件事情教我大惑不解，自上星期三開始，茶水阿姨再沒有回來上班了，我親自致電給她和她的兒子，她們的電話卻長期處於關機狀態。

　　今天上班路上，我在巴士上為了阿姨的缺勤憂心忡忡、思前想後，心想她肯定是在裁員潮下，成了被裁撤的對象。我決心回到公司時親自向人事部經理了解一下。當我回到公司裡，先到茶水間倒杯冰水喝喝，始見一個新聘請來的生面口阿姨，正在鋅盤中洗杯子，我頓時感覺事有蹊蹺。

　　當步出茶水間時，人事行政部經理就站在我面前，她帶領我到總經理的辦公室，然後將門關上，二人便聲色俱厲地對我說：「前茶水阿姨因盜竊公物，上星期被我們開除了，平日你和她東家長西家短，我們再無法信任你，現在給你補上一個月代通知金，請你馬上離開這裡。」 🐾

《恨少》

　　荒漠被無數沙粒覆蓋，那裡寸草不生，亦沒有任何生命存在的痕跡，即使因氣候突變，霎時間受傾盆大雨襲洗，沙粒緊貼在一起卻無儲水備用功能，當雨過天晴，沙漠復又乾涸枯燥，畢竟極地無水，那裡就連一棵仙人掌也養不活。

　　病歪受長期病患影響致無法如常人一樣工作謀生，她獨處一隅乏人照顧，終日清茶淡飯，生活開支全靠政府救濟金作抵消。

　　世上只有富有的人才病得起，貧者若身染頑疾，自然貧者越貧。病歪身帶老病，長期服

用政府藥，她深明藥物日服三巡只有控病的微效，病本身是沒有根治的可能。她早已習慣了貧病交迫的生活，她覺得家中長期有熱開水喝，三餐咸魚白菜也好好味。

從二十歲到五十歲，三十年難過亦早已跨過，反正郊外正午的陽光是免費的，公園喬灌木釋放出來的新鮮氧氣無遠弗屆，到處都有。她將本來不幸的人生套以宗教和哲學，認為短暫而痛苦的命途為早登極樂的必經之路。病歪對於自身經歷，從年輕時的自怨自艾、憤世嫉俗，當人到中年，遂變成既來之則安之，欣然接受。

一天，病歪到公立醫院覆診回家，郵差經過她的門口向她遞上了一封信。病歪進戶先將一包從醫院帶回來的藥物放在沙發上，然後滿有好奇地將手中的信件拆開，原來是一封由律師行寄出的、促她前赴辦理遺產申領手續的信。

原來曾離棄她的父親剛剛過世，律師在辦公室面見病歪時告訴她，親父在遺囑寫明留下現金一百萬元給她作遺產的一部分。

得了這一百萬元，病歪從哲學家搖身一變，成為一個專研理財的小富翁。從前的她兩袖清風，身無分文，

夜雨屋漏，三餐吃得像個尼姑一樣清淡，內心厭世，一心嚮往天堂極樂。直到如今，她從哲學界折返紅樓，滿肚墨圈盤算著如何改善生活，試圖將一副家財最大化。

病歪以她去世了的母親的壽元作為本身壽命的基準，她估計自己距離離世的日子還有二十年，於是她拿來計算機，用 100 萬去除去 240 個月，得出 4,166 元的每月之金額，她嘆了口大氣，說：「恨少！」

突如其來一百萬元巨資徹底撼動了病歪的內心，當晚她徹夜未眠，胸中有著數之不盡的雄圖大計：先將屋裡的老家電全部換掉買新；然後火速去她每天路經的周大福珠寶店，購買她夢寐以求的足金手鐲；她擺脫公立醫院平日的人頭湧湧，轉而向私家醫生求診；還有身下那發霉了的床榻要更換，甚至安裝一部冬暖夏涼的空調機……

病歪算來算去，深感區區一百萬元養老費若要滿足如此多的願望，原來是如此杯水車薪，滴水試問何以穿石？當她想到這裡，本來熾熱的一顆心驟然冷了下來。

翌日早上，病歪忽然想吃頓好的，反正捱過幾十年鹹魚粥水，到了現在苦盡甘來時，理應上個茶居吃幾籠蝦餃燒賣、牛肉腸粉才算不枉。病歪選擇了美心皇宮喫

早茶，她叫了一壺普洱，和她想吃的那幾籠點心。從來沒有到過美心皇宮用膳的她，當飽吃一頓之後便喚伙計埋單，伙計取來一百八十八元的帳單給她時，病歪頓時瞪起雙眼，心如刀割，又嘩了一聲：「怎麼會那麼多錢的！你是不是搞錯了？！」

坐在旁桌的一對夫婦看見便説：「一盅四味，一百八十幾算便宜了！」

《守靜癖》

　　妙鳳系出富貴人家，上有兩姊，下有兩弟，她居中正是同輩中最為不利的排次，自小受父母忽略，內心早已發展出孤苦伶仃、自卑自憐的心理。

　　她在一眾姊弟中皮膚最白潔，身高有一米六五，理應是美女一個，可是她貌不驚人、小眼方臉，天生右腿外彎致行起路來拐下拐下。反觀姊弟們個個美麗英俊，她天生和姊弟們外表上有此落差，自然遭受滿有偏見的父母的冷對。妙鳳自小不受家人愛護，性格變得內向，她異常沈默，說起話時陰聲細氣，聽力差一點的人往往無法聽清楚。

　　妙鳳雖然不漂亮，可是一白遮三醜，生於大富人家，氣質上流露出不富則貴、上流驕矜的氣息。

　　她缺乏家庭溫暖，年輕時決心離家出走，二十歲未到便自食其力出外謀生。妙鳳擁有一雙屬大尺寸的手，在護理安老院負責管理工作，她上班時多做事少說話。由於工作性質貼合她的個性，妙鳳在安老院做事手到擒來，效率一流，一做便十年，受老闆重用之餘，更贏得院裡老家人的欣賞和愛戴。

　　妙鳳說話時音量極小，在許多情況下她要對人重複剛剛說過的話，當重複了一次甚至要一再重複，同一句說話動輒說三四次，妙鳳一天到晚遇上類似情況感覺相當厭煩，她甚至出現神經衰弱的症狀：輕微頭痛、氣促乃至有半刻的窒息感，她知道自己聲小的特點卻不視之為一種缺點，反而每當被要求再說一遍時，她會不耐煩地認為對方遲鈍、愚蠢、專注力薄弱。

　　平生不愛說話，當客觀需要她必定要開口表達自己或作些詢問時，別人屢屢聽不清楚的慣性事實，漸漸變成她內心一直存在著的挫敗感和折磨感。重複使她本身感覺煩躁，不重複的話，別人聽不清楚，目的自然無法

達到。妙鳳每日活在兩難之間，晚上回到家中，當想起白天發生的與人溝通不暢諸事，往往會感覺滿肚子氣，心煩又氣惱。

社會上的人部分會有種亞於精神疾患的怪癖，譬如潔癖、窺癖、竊癖、易服癖、同性癖、集物癖、疑病癖……妙鳳天生有種罕有的怪癖，叫做守靜癖。

守靜癖的人沈默寡言，獨來獨往，時刻怕被打擾，他們力保內心的絕對寧靜，內心就好像守護著一點陰火一樣，火容易因點點風吹草動而熄滅，所以每當妙鳳說出的話未被聽清楚時，她期望與人在溝通上協調和暢順被一問再問打破，她平靜的內心驟起漣漪，甚至動輒波瀾起伏，心燭一旦被不舒暢的生活如風吹熄，妙鳳將陷入長期抑鬱、久久不能復常的嚴峻狀態。

安老院日復一日人來人往，無論是住院老人還是那些前來探望的家屬，妙鳳的工作難免涉及到不斷與人溝通，終日對不同人物說個不停。近月來冬至、聖誕節、新年、農曆新年接踵而至，妙鳳因聲音太小要重複說話的機會大增，農曆新年將至，她抑鬱成疾，唯有請病假臥床休息。她無意從收音機中聽到關於聾啞人士不以說話與人溝通，

卻全靠讀唇、手語和鑑容辨色代替話語，心裡忽然激動起來。

新年過後，每天下班她到聾啞人學校學習手語，午休乘坐交通工具時，又勤上網查看相關知識，直到對手語完全熟練掌握之後，妙鳳最終考獲手語高級課程文憑。

妙鳳一工接一工，她先辭去安老院舍的工作，便馬上被聾人協會聘請，專責為聾啞人士做職業轉介的工作。妙鳳得此工作樂在其中，不久還在協會裡偶遇一個相當年輕的失聰受助者，到了後來，這年輕失聰人士更成為了妙鳳的丈夫。

從此，妙鳳一直過著平靜的生活，反正兩夫妻從來不以說話溝通交流，手語無法涵蓋相對微妙高深的意思，她們便更加努力去培養相處間的默契。

一冬夜裡，氣溫驟降，室溫只有攝氏三度，妙鳳的丈夫為翌日要早起上班先行進房睡覺，妙鳳則獨自在浴室裡淋花灑浴，她覺風大便將室窗緊閉，熱水器不斷消耗室內氧氣，妙鳳在缺氧的情況下四肢軟弱乏力，唯有端坐在地上，一邊用盡綿力踢著浴屏的趟門。五分鐘過去，熱水器因過熱關係停止運作，冰冷的水源源不絕地直灑

妙鳳全身，她在地上再掙扎過五分鐘，全身變得僵硬，心臟衰竭至完全停頓，最終倒斃在溢滿冰水的浴屏地上。

　　凌晨時分，妙鳳的丈夫等不到妻子回房間睡覺便感覺蹺蹊，下床穿上拖鞋走到浴室門前，見冷水從門縫溢了出來，於是他馬上開門探看，只見妙鳳被冰水灑著縮作一團，全身發紫，他以聾啞人哭叫的特殊聲音，放聲嚎哭。🐚

⟪入墓⟫

　　作為農村大家族第三代嫡長子，我肩負著土地出產的農產品以物易物，或對外與從省城前來大手收購的批發商洽談生意的重責，還要取妻納妾，替宗族多生多養開枝散葉，還要管理宗祠、修橋舖路，為弟妹堂表發展事業謀福利諸事。

　　可是我對一身俗務感覺煩厭，生小孩讓父母早抱孫的任務，我早於二十歲已經達到；對外生意、農地基建管理在我指揮之下已上軌道，亦見雛形。一直到了三十六歲那年，我將瑣碎俗事分派給幾個弟弟和堂兄弟共同管理，騰出時間去研究教我醉心的中醫藥。

我找專人在家裡置了個酸枝木造的百子櫃，同時斥巨資從東北長白山和雲南搜羅名貴中藥材。每天晚飯過後，我會研究草藥經典，憑天賦我甚至於為自己把脈，以了解本身的身體狀況。

　　從脈象得知，我身子並不好，血液流通呈現出抖動情況，我的身體狀況是虛寒底子，帶有血脂高、血壓高的情況。為了保養身體，我用微熱丹蔘瀉水茯苓摻少量黨蔘，用兩斤瘦肉五兩雞白肉燉湯作為長期食療。同時我又恆常跑步，做體操增肌訓練，可幸這些內補外勤工夫長久以來保我身體健康。

　　可是當我踏入四十九歲，廣東五邑一帶異常寒冷，氣溫降至幾十年來未有過的攝氏零度，又下起雪來。我本來體質至寒至陰，一晚感覺心臟隱隱作痛，自知抵不住寒流，終於捲曲抽搐於地上。

　　爸爸憂心如焚，馬上請來在開平市裡享負盛名的大夫前來醫治，煎了幾回藥給我服下，我方可從鬼門關走了出來。大夫對我說：「你身子虛寒，每逢冷濕冬季要非常小心，除了多吃澱粉質食物還要保持四肢溫暖。倘若寒氣攻心，你必避無可避，會有生命之虞！」

　　我對大夫說：「除了治病，你還收學生的嗎？經這一劫我願意放棄這裡的榮華富貴，跟著你研習醫術！」

　　自此，我離開了父母和妻兒，從鶴山家鄉遷往開平，跟隨著老中醫診治病人，開展長達十年中醫學的臨床學習。我從他身上學到許多藥理，醫治過數之不盡的奇難雜症。及至他年紀老邁，視力模糊，我經他同意後，遂將他的醫館承繼過來。我和老中醫師承一脈，他功成身退，我無縫交接，繼續望聞問切、救死扶傷之事，同時續用在所內工作的配藥師和製藥師。當時我已年屆花甲，成為中醫師後多年在五邑地區無人不曉。

　　老中醫臨終前兩年，湖北省爆發大規模瘟疫，大量人口為了避疫，紛紛逃到廣東五邑來。部分受到感染的難民，慕名前來我的醫館求醫治。

　　情急之下，衙門官員和我一道，前去老中醫舍下作客，一同研究清瘟解毒之良方。老中醫和我臨危受命，研發出幾味治疫中方，內帶：連翹、金銀花、炙麻黃、炒苦杏仁、石膏、板藍根、棉馬貫眾、魚腥草、廣藿香、大黃、紅景天、薄荷腦、甘草。憑此一道偏方，受疫難民犯熱退熱、有咳平喘，身體不消三五天便恢復過來。

衙督得到藥方，又眼見疫症得以消除，遂差遣驛官以百里加急快馬向當今皇上稟告詳情。

一年之後，流行於天下的疫情大致撫平，康熙大帝派了欽差大臣到我醫館來，賜我令旗獎狀，又要求我前赴紫禁城覲見殿上。我跪求欽差給我幾個時辰作準備，然後我從醫館後門離開，騎上匹快馬抵達老中醫家。

那時天色已暗，我握著躺在病榻上的老中醫的雙手，告知皇上召見之事。老中醫說：「你身體至陰至寒，入冬即是入墓，京城太冷，你都六十歲人了，我怕你捱不過冰天雪地的低溫。」

我說：「老師，別說是北京，就算這裡四邑立冬已過，我也感到寒冷難抵呢！」

老中醫說：「皇上要見你，你豈敢不去？拿一根長白山老人蔘切片，一路上含著蔘片前去，應可保你一命！」

我隨著欽差的隊伍，途經韶關、武漢，又穿過河南鄭州、山東濟南、天津和京南一帶，折騰足足二十一日路程，當抵達紫禁城南門前地，當時風雪交加，我身處一輛足三十尺長的雙頭馬車篷中，感覺全身僵硬，人已奄奄一息。

　　欽差下馬前來叫喚我：「大夫大夫，我們到了，這
篷床高，你小心著地要緊！」

　　我無法回應，心口陣陣作痛，好像老中醫說的，入
冬我便等同入墓了！

《玄關》

風水大師名滿天下，他自小天資聰穎又得天獨厚，對玄學靈異之事有極深刻的領悟。

大師三十歲時已能無師自通，替無數人的家宅、工作場所、工廠甚至仙人山地墳頭等看風水。經他指點過的人，當按照他的意思將家宅等地重新裝置和佈局，不好不順遂之事自會向好改善，那些原來身子弱罹患慢性疾病的人，健康狀況得到大改善；長期不育的女人，轉眼之間有兒有女；財主們生意越做越大，家運滯抑入不敷出、苦不堪言者，財路因此變得暢通無阻，財源滾滾而來。

　　大師替人看風水，從來只為了興趣、滿足愛好，他一心只想幫助別人解困，對酬勞多少沒有要求，豐儉由人支付甚至分毫不取。可是就算大師不貪婪、不求財，他的客人們、朋友們總會重賞他，部分獲益者境況因持續得到改善，甚至會冒昧拜訪大師府上，一次又一次以金錢和禮物為他作回饋。

　　至今大師看風水已經三十年，到達花甲之年他打算徹底放棄風水事業，從此隱姓埋名，潛心於各類書籍和宗教信仰的研究。

　　家財上十億元的風水大師，賺取大財富的方法並不是人人可輕易複製。對他來說，風水這門學問，當中理論相當簡單，從來只因循著幾個不二法門，風水命理本身並非精密科學，它卻異常奧妙，亦相當準確。某家某戶、某個商業機構的風水好與不好，是成敗得失、興隆衰落的關鍵。大師認為風水要看得準，如何改動陳設裝潢才使居者、使用者趨吉避凶，並非單憑讀經典、拜師學藝可以貿然學得來，風水要看得好、看得準確反而是一種天賦直覺和心靈上的感悟。

　　大師曾經說過：「一命二運三風水，家宅風水不好，

住在裡面的人事倍功半，甚至於一事無成，譬如說居者手中明明存了一筆可觀的金錢，假如廚廁的門向、上下水道的出入口放位錯誤，無論錢有幾多最終只會付諸東流。風水就是將家中透邪之處封死趕絕，墓幽的地方以陳設布置或大幅度改動使它反邪歸正，居者方能守得住財富，逢凶化吉，逢絕也可起死回生。」

大師將攜帶身邊足足三十年的羅庚收起，他準備用半年時間從市區搬至臨海之地，斥資建新居，從此過著退休生活。

從藍紙到建築用料、用色，房間和廚廁間隔，大師在新居施工之前，鉅細靡遺地向建築師說了幾遍。大師喜歡這深水的凹陷處建居，除了因為凹灣在風水上有防洩利於收藏之妙，還有這地北面背山、南向面海，有靠背，觀景亦開揚，住在這背山面海之地，感覺安全踏實，前景自然一片光明。

建築連裝修需時一年有多，到了差不多入住的時候，大師親選的傢具、潔具、大型寢室物品和廚櫃之類陸續安裝鋪陳。建築師打了電話給風水大師，告知各樣大小事項一應俱備，並要求他親到現場驗收。

大師駕車到了凹灣大屋，他刻意抽離了主人的身分，反以第三者的眼光、專業風水大師的觀察力，從屋外到屋內仔細端詳一番。

他對建築師說：「大門門向正確；地面樓層以至一樓、二樓的窗戶安裝妥當，光線充足又能阻擋強風勁雨；廚房和四個廁所水火不容，現在你將它們適度分隔，我便安心了。唯一不好的，是門檻內的玄關，我早就說過了，它要是個圓形的空間，正四方形嘛又何妨？現在它前窄後闊，呈現出一個梯字形，這樣不好。」

建築師頓時感覺為難，他連番向大師道歉，並承認錯誤，他說：「大師，玄關這部分茲事體大，它關乎大屋前方主力牆壁的結構，要改的話等同於將整幢樓房拆卸重新興建，我公司小本經營，實在負擔不起重建的費用，希望你能包容這小問題，姑且不追究就好了。」

大師沒有回答，從口袋中取出相等於最後一期款項的支票交到建築師手中。

當晚，建築師和幾名工人撤離，大師獨自站在大門前，上下打量那玄關，並設想補救方法。他心想：這玄關是個歪斜的立體空間，夜靜無人時最適合遊魂野鬼依

附停靠，不如我在大門外左右各放一尊石獅子震震宅，該有收趕鬼魂的辟邪之效。

大師托石廠為他雕造兩頭石獅子，估計需時兩週。這段期間，他和兩名菲律賓女傭人一同進駐大屋，開始適應新家的生活。一星期過去，大師住得舒適，每晚睡得安穩，家中每樣購置，皆恰到好處，戶外一景一物，賞心悅目，大師對新生活自然稱心如意。可是到了入住的第八個晚上，兩個傭人的其中一個不如以往，早上外出了，一直到了深夜時分仍未見回來。在家的傭人致電催促多次，卻未見回應，她開始急起來。

大師對家中的女傭說：「你稍安毋躁，先去梳洗，然後回房間睡覺吧，也許等到明天她自會回來。」

當晚大師看過深宵新聞報導，又翻過幾頁書，還是毫無倦意，他遂從一樓房間跑到地面層，打算到廚房去倒杯紅酒淺嘗一口。當經過女傭的房間時，聽見她呼嚕呼嚕睡得正濃，他想深一層，感覺那還在外頭未歸的女傭事有蹊蹺，於是他從睡衣袋中取出手機，嘗試打個電話給在外的她。

　　電話通了。與此同時，大門前玄關那個方向傳來手機響聲，大師刻意掛了電話，那響聲即時消失。他再打一次，響聲又再從玄關處傳出，他又掛，聲又滅。

　　大師步步為營向玄關那裡走過去，這次是他最後一次打電話給女傭，教他感到震驚又不敢相信的，是響聲隨即從玄關傾斜了的牆壁內傳了出來，這時候大師嚇個半死，終於禁不住大叫救命！

《空杯》

　　我用了畢生積蓄，共銀七百五十萬元，以樓花認購方式，購入這個簇新的高樓層私樓單位。

　　我選樓的要求極高，除了單位要位於樓宇高層之外，睡房窗戶必須面向正南面，確保終年冬暖夏涼，同時可避免從正北方吹來的強風和蕭殺。

　　七百五十萬大款還未包含室內裝修和家電，我擇好王道吉日，將最後一箱物品移進新居。然後打開了電視，那時剛好播放著六點半新聞，我再從廚房泡了杯熱黑咖啡，喝過一口，心裡細心盤算，這個獨居新房，埋單計數，總共花了我剛

好八百萬元有多。

　　首晚入住新居，我認真檢視周遭環境，在灶頭前以煮熟一塊即食麵作測試標準，感覺這小廚「麻雀雖小，五臟俱全」。

　　我又跑到洗手間為馬桶開光，走進浴屏裡淋個熱花灑浴，沖過涼又回到廳中坐在沙發上看電視，夜裡走遍睡房、書房、雜物房，又站在每個窗戶前和小露台前眺覽戶外景色。初遊六百平方呎小室空間，試用過內裡全新羅致回來的一事一物，再乾掉玻璃杯中的剩餘咖啡，頓感這新家的一切稱心滿意，我心想：「錢到哪裡去哪裡便好」這句話，所言非虛！

　　其實此刻的我感覺實在疲累。從三年前買得樓花，到樓宇竣工，裝修添購傢具，到現在正式入住，我花盡心思心力，至此大功告成，我總算鬆了口氣。我先將家中電燈一一關掉，扭開了通宵播放的收音機微音，然後躺在床上掀被蓋頭安睡。

　　原以為累極進睡可以一覺到天亮，可是到了凌晨三點，我感覺床榻大幅度在搖晃。這維持了約五分鐘的搖晃使我從睡夢中驚醒過來。直覺上，我認為這現象是輕

微地震，當翌日起來時，我留意早上新聞，又聽著收音機消息，並無地震之說。

翌日早上，簡單吃過早餐之後，我離開單位，經過地面的管理處，我問那裡的保安主管：「先生，昨晚我睡覺時，感覺整座樓宇在晃動，你是否有所感覺或是聽聞？」

保安主管說：「沒有啊，肯定沒有，我昨晚守在這裡一直到現在，這大樓風平浪靜，未有任何異狀！」

接下來一個星期，除非是我真的睡著了，幾乎每晚同一時間，我在床上均感覺同樣強度的、為時差不多久的搖晃。我懷疑這新建大樓存在著結構問題，同時認為事態嚴重，便去信業主立案法團主席，促他展開調查。

法團為此事開過會，會議當日我是席上一員，我發覺與會的住客委員相當認真，處事態度誠實可信，針對大樓搖晃之事，他們共二十多人感覺匪夷所思，聞所未聞之餘。同樣是大樓居民的他們，堅稱居住大樓至今從未感覺搖晃震動的感覺，他們為免受疏忽職守之責難，特地找了個專業測量師，仔細勘察大樓地基和牆身，並撰寫了調查報告，說明大樓結構正常穩固。

法團對我所提出的問題，其專業和積極解決問題的

態度教我心悅誠服，大樓結構正常經測量師檢驗過，白紙黑字有證有據，我再無可爭辯之處，亦不希望有人說我在危言聳聽，唯有接受現實自此不再追究。

可是每晚入夜後那中度搖晃的危危乎感覺從未間斷過，我入住這個單位至今已有五個月之久，大樓定時晃動的情況絕不輕微，我漸已失去了安在家中應有的安全感，我想過放棄這個單位，適逢經濟不景，樓價下滑，我唯有將床褥加厚，睡覺時戴上耳塞，盡一切可行之法，忽略搖晃所帶給我的不安。

我發覺彷彿置身危樓的感覺唯我獨有，我努力訪問過同層隔壁的各戶鄰居，他們對新居非常滿意，完全感受不到我所感受到的問題。

每到入夜，我在床上輾轉反側、無法成眠，當看到枱頭鬧鐘的指針踏正凌晨三點，整座大樓分秒不差地準時左右搖晃，我快瘋了！每晚要面對著如此怪事，我該怎麼辦才好？

昨晚我想出一種極其原始卻又相當科學的測試方法，這測試只為使我本人心安，並不存在任何意圖挑戰法團中人和專家意見的想法。

我從廚房裡取來一隻玻璃杯，並將它放在大廳中央的地板上，然後小心翼翼地用清水將杯子注滿至無以復加的程度。

　　當設置好小測試之後，我遂回到睡房，當下雖無甚睡意，我卻一直躺著等著大樓搖晃的一刻來到。我一直聽著嘀嗒嘀嗒那鬧鐘的指針聲音，一邊等著時間慢慢地過去，凌晨兩點五十九分三十秒，二十九秒，二十八秒……此刻我怦然心跳著，終於到了凌晨三點正，果然大樓再度晃動。直至復歸平靜時，我再等過五分鐘，然後下了床，以貓步一步一步地邁向大廳中央那注滿了水的玻璃杯，眼前的情景，教我起雞皮疙瘩、觸目驚心。那玻璃杯竟然是空的！ ◑

《咸魚溝蝦醬》

　　二十層以上的參天高樓，由兩部性能良好、保養得宜的升降機從下而上來回貫穿，多層住宅大樓一梯十伙，當中住滿了單身一族、獨居老人、年輕夫婦等大小家庭不同住客。換言之尋常不過，在香港滿目皆是的一座老舊住宅大樓，戶數上二三百實屬等閒。香港的住屋環境恰如老鼠籠，人多地窄、寸金尺土，人人生活在擁擠不堪的環境之中，大白天各自出外謀生活，夜裡關起門來各自為政。在狹窄的居所中，每個單位、每個家庭皆有獨門秘技，為有限的空間創造出別樹一幟的生活方式。

　　我是個夜班的士司機，獨居在這幢二十層高的住宅大樓已有二十餘年，在樓價高得不是普通人家能輕易負擔的情況下，我僥倖得到父親的遺產，他臨離世前留下這單位給我繼承，我得以卸下了從前月付昂貴租金的重擔。只為區區三餐極有限的支出，我選擇轉職做夜班的士司機。一個星期六的晚上，我從晚上八時開工至翌日早上八時下班，先為的士車身洗個白白，再開往油站入滿一缸油，直到早更司機前來接更。之後，我便回到家中，沖個熱水涼，上床睡覺至下午四五點，起床吃個晚飯，看下晚間新聞報導，為新一晚的夜班工作做足準備。

　　白天睡覺，晚上開工，我一直因循著這時間表，成為上班族恆常生活習慣的顛倒相。我是隻貓頭鷹，對於逆向顛倒的人生反感覺樂在其中，因為我一直以為，夜班的士司機獨享一種特權而別人絕對不會有。因為夜深人靜，路上行駛中的車輛杳杳，我每夜一邊享受著駕駛樂趣，一邊在內置音響的襯托下飽覽城市夜景，感受那繁忙都市中曇花一現的靜態和美態。

　　當夜班日息夜作，原來白天鄰人們外出不在家，我睡覺反而少受噪音滋擾，從清晨睡至下午，到了黃昏時

分始從大門外隱約聽見年輕人們陸續下班回家，婦人從市場買菜回來的聲音。開夜更的士，接待長途客人居多，免卻塞車之苦，收入反比日更司機好一點，夜更工作本來就甚優越，只是職業司機投鼠忌器，心存偏見，不欲嘗試。

三日前的大清早，我交過更然後簡單吃過麥當勞早餐之後，便回家沖涼早著休息。

當回到家中沖過涼，我便將家中窗簾全部拉了起來，室內一片幽暗才適合入睡，果然不消一兩分鐘，我已睡熟了。不知道過了多少時間，我睡至懵懵懂懂的時候，隔壁鄰居傳來激烈的吵架聲音。為保睡得足，當晚夠精神通宵工作，我一於少理、大被蓋頭繼續睡覺，怎料原來爭吵不休的聲音，後來竟發展至扔擲雜物、盤碟墜地粉碎的嘈雜聲。

我忍不住從床上爬了起來，衝過去將大門半開，隔著鐵閘探視周遭究竟。鄰居剛才那一輪聽起來似先口角繼而動武、此起彼落的聲音，在我打開門的一刻立時終止。爭吵聲音從我單位對面的房間傳出來，住客是對三十來歲的年輕夫婦，我向來和他們相熟，外出歸家當碰面時，總會打個招呼，甚至閒話家常幾句，我比他們早來這裡十年有

餘，印象中他們都是白領階層，收入應該不錯，平日兩夫婦相處甚是和諧，未見有什麼可疑異樣。

爭吵聲沒有繼續下去，我復上床補眠，反正還只有兩個小時便要起床做晚餐，我便儘量爭取寶貴的休息時間。

翌日早上下班，天氣如常風和日麗，我挾著晚秋的清新舒爽，徒步向家裡走著，感覺前所未有的暢快。路上，我遇見昨天曾在家裡激烈爭吵的鄰居，平日出雙入對的兩夫妻，當時只見那年輕妻子向著地鐵站方向走去。我與她打個照面，我以樣板方式問她：「太太，今天獨自上班嗎？你老公呢？他今天是不是休假了？」

年輕太太說：「啊，我老公昨天到外地出差去了，這次他公務繁忙，可能會在外一段日子才回來香港。」

我說：「明白了，你們尚年輕，理應努力工作，力爭上游！那你忙吧，我現在回去休息一下。」

我如常顛倒作息，反正我向來不愛應酬，晚出早歸，不在家休息便是夜間坐在的士駕駛座上。我從來不問世事，不惹事，獨來獨往，自得其樂從不怕寂寞。怎料那對年輕夫婦爭吵過後第三日，怪事便發生了。那天下午

我在家睡覺之時，忽然從門縫滲進來一鼓惡臭，臭氣充斥一室教我難以忍受、無法進睡。我決定換上便服，帶上手機和鎖匙，打開門沿著走廊仔細查看一下，只發覺廊上空無一人，可能當時時間尚早，家家有事出外，戶戶重門深鎖，未見異常。

可是臭氣薰天的怪異情況和我家裡一樣，整條走廊，以至梯間，那鼓有如鹹魚混上蝦醬的腥臭味四溢，向來膽大的我遂以寸步從廊頭到廊末一步步探索，嘗試找出源頭來。

當我步至那對年輕夫妻的門前，我心一寒，發覺腳踏在一灘血水之上，我大力呼吸一下。果然！那臭味正從他們家裡向外滲出，我毫不猶豫，先打了個電話到地下管理處，心怕夜長夢多，又報了警詳細敘述剛剛所見所聞。

不到十分鐘，一隊約有十名分別穿著便衣和軍裝的警員衝了上來，那個負責指揮的早有準備，燃點起一大束拜神用的香枝。同時一名身材極度魁梧的警員大力敲門，大聲吆喝不果，遂用肩膀撞開大門，濃烈的鹹魚蝦醬臭氣隨之湧出。我目之所及，是動魄驚心的場面，只見那妻子表情木訥，滿手鮮血，手拿著砍刀，地上躺著一具狼藉模糊的人形肉醬。🐳

《深呼吸》

　　我向來滴酒不沾，覺得酒一點都不好喝，一生人以來沒有真真正正喝完一滿杯酒，其實我從不喝酒還有兩個相當合理的原因。

　　我討厭酒後的感覺、酒後的失態，還有酒能攪亂我本來泉湧般的文思，驅逐腦海中正在打轉的寶貴的寫作靈感，更可將我每天持之以恆的寫作習慣徹底摧毀掉。

　　我不喝酒，還因為我是個長期病患者，每早每晚加起來要吃上十四顆共六種藥物，根據醫囑，酒和藥物相沖，酒精更會強化個別藥物的作用，進而衍生出危害身體的不良後果。

我從不喝酒自然沒有過酒癮，弔詭地我卻是個茶罈咖啡罐。我喝茶喝咖啡成癮，它們取代了白開水成為我手不釋杯的飲料。我對茶有著極高的要求，如你想挑戰我對茶葉和咖啡的認知，我將不以話語去回應你，反會向你展示大量我努力去搜羅而得的，關於茶葉和咖啡的書藏，乃至我就茶啡的研究所記錄下來的陳舊筆記，以及各種茶葉和各地咖啡豆的樣本和照片。

　　晨起早餐我只吃牛奶麥皮，配上一杯鮮磨咖啡，下午四點前，我會吃一至兩碗湯麵或撈麵。打從下午四點開始，我只喝中國茶，或偶爾來一杯咖啡，就這樣一天餘下來的時間，我拒絕進食任何固體食物，一直到上床睡覺為止。及至翌日早上，我方才恢復簡食的循環，再從冰箱中取出一碗自昨晚準備好的冰凍牛奶麥皮，以短短三分鐘的時間吃完。

　　一杯熱茶或咖啡是可以用來墊高一支香煙的，我雖不喝酒卻是個老煙槍，從中學階段還未成年時，我已染上煙癮，隨年歲漸增，我的煙癮亦隨之而深。從清晨抽第一根香煙開始，到晚上累積起來可抽至二十五根數。我向來獨居不受女人囉嗦，作為老煙槍抽起煙來寫文章，感覺燃點著的香煙配上濃茶有助書寫，萌塞不化的思路

會被煙茶打通，日復如是，煙、茶、筆三位一體，寫起來流順彷彿如有神助。

　　大概兩年前，同樣是我放棄受薪工作，全職投入寫作事業的第十個年頭，我開始咳嗽得厲害，尤其是一早一晚，嗽口刷牙和每燃點一根新煙時，我咳得特別狠，往往每咳一次會連續不斷地咳，咳至一分鐘之久才停止下來。同時我感覺自己清減不少，一年間瘦身足足五公斤。

　　起初我不以為然，香煙配濃茶的習慣一直無改，當時書賣得好，平台讀者有增無減，我經年的寫作辛勞始得回報，每天花在寫作上的時間自然更長了。

　　桌上放一部 iPad，右手一支 Apple Pencil，左手彈著根駱駝香煙，一杯香濃普洱摻茉莉花茶，一篇一千二百字散文只需九十分鐘即可竣工。於是我寫得越多，煙自然抽得越多，我的寫作事業當然越見進步，反觀咳嗽的情況便越見頻繁、無法抑止。直至我再無法一口氣爬上二十級樓梯，我深知趨於明顯的肺部隱患即將無可忌諱，也不可諱疾忌醫地拖延下去。我前往公立醫院作詳細檢查之前，打算去一趟遠遊，以打破我多年以來從不外遊的困悶，亦唯恐身犯重病，今後再無旅遊機會了。

為期十四日，我選擇到訪意大利北部幾個古城。我從香港出發，坐上飛往德國法蘭克福的航班，再從那裡轉機至威尼斯稍作停留，打算分別在羅馬、佛羅倫斯和米蘭玩上十日時間。

　　香港到法蘭克福的機程約十二小時，我能捱悶，亦能捱餓，屈坐在經濟艙之中沒事好做，當取出 iPad、Apple Pencil 出來，蠢蠢欲試想憑寫作消磨時間的時候，茶癮煙癮卻忽然發作。記起從前在家工作，大白天隨處去，煙想抽便抽亦隨處抽，此刻我環顧半滿機艙的四周，乘客悠然自得，不是聽著音樂便是欣賞著免費的機艙電影。我缺煙缺茶，忽而執筆忘字，嘗試以憑睡殺時，在陌生環境中卻又睡不著覺。

　　我問旁座一個德國大塊頭：「你抽煙的嗎？」

　　他説：「我是個煙癮極大的吸煙人士，可是機艙裡禁抽，不然我肯定一根接一根地狂抽起來。」

　　我再問那個德國人：「沒煙抽你感覺辛苦嗎？」

　　他説：「應該這樣説吧，能抽煙總比沒煙抽好多了，可是有些戒煙成功的人曾傳授我一個暫止煙癮的好方法。」

我好奇地問：「嚼香口糖、聞薄荷這些，我早就聽過試過了，有用嗎？」

他說：「當煙癮發作的時候，嘗試做一個維時十秒鐘的深呼吸，一次止不住癮，做兩次，兩次不行，就做三次。別小窺深呼吸的奇效，這簡單動作就連老煙槍也能將經年煙癮戒絕呢！」

《無女不成家》

　　我十八歲便嫁了個有錢老公，他面子大、人面廣，禁絕我出外打工賺些雞碎錢，不要我拋頭露面、受人閒氣。

　　所以我從來沒有正式打過工、賺過人分毫，家裡養了三個女傭任憑使喚，從來我十指不沾陽春水，一生人受老公庇護和疼愛，二十二年以來我不情不願但從不間斷地生育，誕下一個接一個孩子。到了我四十歲時，丈夫因為房事過度，早已力不從心，而我們兩公婆多年來生下的兒女成群，合共五男五女，湊成

個十全十美。最大的女兒剛好大學畢業，最小的才滿三個月人仔，年齡上一眾兄弟姊妹們差距甚遠。

我丈夫向來厚此薄彼，他思想封建守舊、重男輕女，五個女兒先後出生，他沒有來醫院接我。在她們成長的歲月中，老公對她們冷淡、不睬不睬，經常掛在口邊的，是用「蝕本貨」去形容幾個女兒們。

我老公從不忌諱，曾經當著十個兒女的面說：「女兒嫁了出去就是潑出去的水，女跟男姓，要是將財產留給女兒，就是將錢財自動轉帳給女婿們，世上豈有如此便宜之事？」

五個女兒沒有因為她們的爸爸偏愛兄弟們而記恨，反而對他孝順尊敬，她們從爸爸那裡得到的，只是基本生活所需。反而男孩們，要風得風，要雨得雨。

我瞞住老公，早為五個女兒準備好嫁妝，還有將來防身用的金錢，暗地裡我安撫她們，告訴她們就算將來要是爸爸先行，她們未能從遺產中分得一分一毫，媽媽已早作準備，勸告她們不用憂慮，儘管做好自己，致力做好當前的事。

時間過得快，當我年屆六十歲的時候，蘊女考進大學藝術系。我心裡想：還有一個未出身，再過幾年，我作為母親所要負的責任，便大功告成了。從大女到蘊女，五個女兒的年紀相差二十二年，除了那蘊女還在讀書，四個女兒都先後出嫁了。回想起來，她們結婚時用的嫁妝，我為她們各準備好的二百萬元私己錢呢，還完好無缺地放在保險箱，存在銀行帳戶裡。她們有種有骨氣，從未向我支取分文。過時過節，五個女兒就算有多忙，都會撥冗回家探望我們雙親，明明家中擺放著的那特大酸枝圓桌，有足夠的座椅讓十個仔仔女女和孫兒孫女坐滿的，可是那些哥兒和兒媳們，經常集體缺席，過節時一家人因為他們從不齊全，這情況屢見不鮮。

　　我一早認為生女比生男好，人說女大不中留，我反而覺得女兒們才知道尊師重道，孝順父母，女兒天性愛家顧家，她們每年給我的紅包和心意錢，我一直存著不用，總數加起來，上百萬不止。◐

《金盆洗手》

我十四歲便放棄學業，受幾個壞同學唆使，通過正式入會儀式，拜過龍頭坐館大佬，亦拜過岳王、拜過關二哥，唸熟了幾句幫會詩句過後，遂正式成為三合會會員。

二十歲前，我誘使過不少年輕人入黑社會，曾協助幫會打理黃、賭、毒、高利貸等犯罪業務，期間殺人放火、姦淫擄掠諸事，無惡不作。賺到過大量黑金，可惜當時年輕放蕩，物慾性慾又強，將打殺得來的巨額金錢盡花在尋花問柳、宿醉嫖娼、追逐名牌轎車和服飾之上。

我有膽色，打人絕不手軟，幾年內在幫會中聲名大噪，受幫會內位高權重的白紙扇所器重，遂繞過浪蕩草鞋等閒角色，短短兩年間被坐館大佬擢升為雙花紅棍，帶領並指揮幾個傻傀伙團，執行日常社團任務之餘，當遇上攸關社團福祉之事，更有權直接向二號人物白紙扇甚至坐館大佬匯報並提供意見。

　　後來我的幫會在香港各處坐大，遂到處惹事生非，欺凌學童婦女，販賣毒品給民居青少年，我們惡貫滿盈、罪行滔天，驚動了警方高層。他們經過精心策劃，又派出臥底探員潛入我們社團中，在一次犁庭掃穴行動中，警方派出上百反黑組探員，搜查我們賴以維生的淫竇和毒窟，更將我甚為敬重的坐館大佬緝捕歸案，我們社團遂經歷了三年的陷落。

　　我不學無術，最會在異端壞事上鑽空子，避過警察耳目營私作弊。我心有不甘，自從黑幫解散之後打過幾份散工，賺到雞碎錢，除了吃飯之外，就連蒲個吧，光顧色情場所發洩下的本錢都乏善足陳。

　　於是我帶頭拉幫結伙，重新組織新社團，圖東山再起。我因為在從前的組織創下過豐功偉績而得到同伙的

尊重，以三十五歲之輕齡，被一眾傻僱推舉為新任龍頭坐館，然後在黃賭毒領域，我和一班社團兄弟古惑仔重施故技，瞬間在油尖旺區起朵，生意做得有聲有色，財源滾滾，最終成為香港數一數二的黑社會大幫派。

十五年過去，我的女兒都已長大成人，她對我的所作所為知一不知二。反而我一直看著她成長，對她的事了如指掌，無論在生活上、經濟上、學業上，我均傾盡老力為她供給。最終她沒有令我失望，短短幾年間，在海外考取了博士學位，而後她在一間大學取得了教席，執起教鞭，為人師表。

在人生這段期間，我對社團的欺壓霸凌、打打殺殺、販毒放數之暴行早已感覺厭透。再加上女兒篤信基督教，是個虔誠的教徒，我受她耳濡目染，決心改邪歸正，將坐館一職交予我屬意的會員，從此退出社團，展開宗教信仰的新篇章。

一日早上，由我女兒陪同，我駕車到屯門私人別墅，要和十幾名社團高層開會，正式宣告我有意退隱江湖一事，同時藉機在眾人面前選出社團的新坐館。我女兒為隆重其事，為我訂製了一個大金盆，按慣例我將在席上金

盆洗手，未來社團中的一切事情我都撒手不管，亦一一與我無關。

我和女兒在別墅的大廳中等候多時，始見他們逐一抵達。當他們看到茶几上放了盛半水的金盆，再望了我一眼，各自內心旋即有所盤算，從臉上看出凝重低沈，明明燦爛的陽光從窗戶透進，戶內反覺陰風陣陣，蕭殺之氣籠罩一室。

我將全身而退的決定告訴十幾個社團高層，他們的即時反應是怨聲載道，憤怒地鼓譟起來。

社團二號人物又稱白紙扇發言：「大佬，你不幹的話，我身為社團次座，順位要登上你的坐館位置，可是我只是個出謀獻策的人，要領導一班兄弟打打殺殺，我自問沒有如此本事。」

我又瞪向那十幾個雙花紅棍的，問道：「你們呢，誰要來取而代之？」

當中一名叫金毛強的，他一米八五高，頭髮染金，身上紋著左青龍右百虎，又全身滿是肌肉，接話說：「大佬二佬眾兄弟，坐館一職，任重道遠，我十多年來為社團貢獻良多，幾年前擊倒過敵對幫會的龍頭被警察圍捕，

為社團捱過一年牢獄生涯，現在這坐館之位，捨我其誰，我當仁不讓，願意繼任龍頭大佬一職！」

這時候，其餘十名雙花紅棍高層甚表不滿，他們個個野心勃勃，要力爭大坐館之位。

我和白紙扇耳語一陣，均認為金毛強實為坐館繼承人的不二之選，最終由白紙扇向一眾高層宣布：「經我和龍頭大佬商討過後，屬意金毛強為社團新任龍頭，我維持幫會二號角色，其他職位坐次維持不變。現在先讓大佬金盆洗手，然後一眾雙花紅棍對金毛強新坐館行迎新跪叩之禮吧！」

十名雙花紅棍見大佬之位被金毛強佔奪了，他們從腰間取出開山刀，先將白紙扇劈死，再圍著新任坐館金毛強將其狂砍至死，我和女兒被眼前的兇殘一幕嚇個半死，我全身震顫，咿咿呀呀地問他們：「好了，現在你們想怎樣就怎樣，社團一切事務，我自此撒手不管了！」

我伸出雙手，放在盆水中，徹底洗淨雙手。就在這時候，我感覺脖子一涼，盆中水被染成紅色。◐

《老矮醜》

　　老矮醜藉口長期失眠，勉勉強強説服了公立醫院精神科醫生，診斷他為完全失去謀生能力的長期病患者，他遂符合了向社會福利署申領傷殘津貼的資格，並定月支取政府向他發放的補助金。

　　拿每月約三千蚊救濟金過生活已有十年，老矮醜獨自在政府額免租金的單身公共房屋單位中居住，區區三千蚊一個月作為零用錢對絕大多數人來説，生活勢必捉襟見肘，可是他通過對超市百貨、連鎖快餐店的搜羅，深入了解過各式粮油食品和雙拼飯餐的價格上落，他將

222

一日三餐縮減成為兩餐，一天的生活成本經過精算之後，遂大大減低為三四十蚊。原來救濟金平均來說每日只有一百，老矮醜竟可每日剩出五六十蚊，每月的積蓄起碼有一千五百蚊，他稱之為娛樂消閒的費用。

老矮醜終日無所事事，人生中最苦並不是貧窮無依，反而是每天從睡至日上三竿開始，便是百無聊賴，長期形單影隻的那份空虛寂寞感最為攻心。他一直認為與其足不出戶、獨守空房，孤零零被動地對著四面冰冷的牆壁，倒不如主動出擊，逛下公園、空調長期開放的購物商場，嘗試下走進人群之中，借故找人閒聊一下，吐下苦水，同時亦可以消弭內心的鬱結和悶氣。

每日老矮醜的足跡遍佈住所以外方圓三公里步行可達的地方，從公屋大廈地下的保安座頭聊起，至超市快餐店的顧客和食客，為搏得聊個三五分鐘，老矮醜無所不用其極。他甚至到百貨公司喬裝顧客，每每遇上售貨員先查問商品明細，其真實的目的，便是當售貨員解說中間，轉個無聊話題，談個三五分鐘，然後不了了之，迤迤然離去。

有個月尾，政府的救濟金到賬，老矮醜見手頭寬裕，同時亦厭倦了平日裝成顧客找人吹水的日子。到了今天他終於按捺不住，想走一趟屋邨商場的藥房，找個駐店表列中醫，把下脈又抓點藥補補身，順道以真正客人的身份，名正言順地進藥房和中醫吹個長水，聊個痛快方休。

　　老矮醜選擇了藥房比較清閒的下午三四點時段，昂首闊步走進藥房，當時藥房老闆正在為客人磨藥粉，年輕中醫師則坐在案前細心地為一個男人把脈。

　　那個就診的男人一臉斯文，一身整齊乾淨，一看便知是個受過高等教育、不食人間煙火、家底好又不愁衣食的紳士。老矮醜的來意是想幫襯老闆三幾十蚊，順道搲個水吹的，怎料這個精心的設計竟被那教人眼前一亮的紳士窒頭窒勢。

　　老矮醜此時氣急敗壞、進退維谷，只好在年輕中醫旁邊的空櫈子坐著，卻又忍不住開了口，說：「嘿，老闆，現在新冠疫情稍為緩和，內地入境的條件又好像放寬了些，我想到廣州玩它一頭半個月，新聞報導說什麼七加三我實在不懂，實不知申請手續如何？」

　　藥房老闆說：「預訂深圳驛站難啊，拿什麼健康碼之類的手機應用程式又複雜，要辦好出發前的手續多多，最好還是請教一下那些後生的，恐怕他們才最清楚。」說罷老闆便走到店內的小貨倉料理一下。

　　那個香噴噴的紳士給年輕中醫師把過脈，正等著處方之時，當聽見老矮醜的疑問，便說：「深圳驛站房間常滿不好訂，倒不如坐金巴經港珠澳大橋到珠海吧，那裡驛站的房間應該比較充裕。」

　　老矮醜一直看這個紳士不順眼，見老闆走開了沒和他亂吹下去，企圖用真金白銀聊個飽的美夢頓時幻滅，便惱羞成怒，責罵紳士說：「什麼深圳珠海都不關你的事，我剛才問的是老闆，不是你，你給我住口好嗎？」◗

《無蓋棺材》

聖人說:「別人對你施怨時,你要以德報怨的話,那麼如果你受了另一人的恩惠,又可以拿什麼去報答其德?人以德報德固然重要,遇怨時卻要以直報怨。」

沒本事給自己的兒女過好生活,便干脆做絕育手術,一生一世連隻雞蛋都不要生好了。

我父母為我的童年帶來的貧恥,至今我六十歲人仍然記得清清楚楚。他們未經我同意,然後誕我下來,我於人生的初段,命運自然與他們綑綁在一起。我在有辱無榮、遇人便臉上無光的日子中度盡青春又困乏的歲月,如

今他們二人先後離去，快快樂樂地在天府上享福，而剩我孤單一人。

猶記得他們尚在人世時，我按照孔聖人的話以直報怨，盡女兒之責責給窮死一世的父母吃飽穿暖，使他們不至於三餐不繼，落魄潦倒。

我選擇做公務員的原因，是政府不如商業機構般容易倒閉。從低做起，不知不覺間我在政府機關工作已有三十五年，當扣除累積多年的假期，上司通知我自此每星期只需上三天班，一直到翌年年底，我便可正式退休，每月領一萬元退休金至百年歸老。

能成為公務員，我這個自小窮得上不起大學、只有中學學歷的普通材料，老來可過著安穩的退休生活已算得上托賴，時宜自詡傻人自有傻福。

退休金每月一萬元至死方休，聽起來相當寬慰，可是從今年開始的退休生涯，我將開支大大壓縮，做起事情來會思前想後，花錢時謹慎過度感覺如履薄冰，全因為我私蓄很少，一毫花了便沒一毫，要是花大了缺錢，餓病在床就連吃西北風的奶力恐怕也不會有。

這段日子裡我領悟到一個真理，是有錢人視富裕生活有如活在天堂裡，他們想盡享壽元，內心虛怯，最怕死得早。反觀人的尊嚴總要靠金錢墊底，貧窮人如赤足走在大街上，自然比人矮了一大截，自卑感油然而生。

　　我沒好命，只是命夠硬，活到今天已算僥倖，幸得到政府委以薄差，生活才有了點保障。窮鬼如我從不戀棧殘命，時候一到我清風兩袖，赤裸裸地來，赤裸裸地去，早死早著對我來說可能還好一點。

　　退休生活無非是漫無目的地踱來踱去，反正一片薑蔥蒸魷魚腩分兩餐吃，省得就省，反正我膝下無兒，無依無靠去度過晚年。

　　我平日最愛搭巴士，政府恩同再造，給我們六十歲以上的老年人乘車優惠，每路只花兩元正。今天我坐巴士到紅磡區逛一下，在下車的站頭看到好幾間殯儀館，而包圍在四周大街小巷的，不是賣敬仙人花牌的，便是賣棺材的店鋪。我冒昧進入其中一間，倚老賣老以敲頭方式問那年輕人：「你們賣的棺材都有個蓋的嗎？」

　　棺材店店員說：「阿婆，棺材當然是有蓋的了，瞻仰遺容儀式一結束，禮儀司便會將棺木上蓋，四週還加上木釘將棺蓋嵌實，最後落葬或送火葬場火化。」

　　我續問：「少個蓋的話，你能否打個折扣給我？」

　　店員不厭其煩地說：「這裡的棺材一套都是連蓋賣的，我們三代人在這裡賣棺材幾十年，未見過有客人是不要蓋的。阿婆你這趟是來幫襯還是運吉的？」

　　我說：「年輕人，我無兒無女，親戚好友沒多個，想買個棺材回家當床睡，那有蓋便是多此一舉了。我只擔心百年歸老時，舉目無親，沒人替我送終，現在正是時候好為自己張羅一下了。」

《毒婦》

　　我在妊娠期間，下體忽然出血，考慮到老公是家中唯一經濟支柱，無法請假在家陪伴在側，我遂決定到私家醫院休養待產。距離臨盆只有數星期的關鍵時間，婦產科醫生每隔兩日便替我進行超聲波檢查，還給了我服用一些葉酸和增強免疫力的多種維他命。

　　醫生對我說：「腹中胎兒心跳正常，長度合符標準，只要你堅持臥著不動，甚至於吃餐、大小便也必須臥著進行，再過兩星期，我便替你剖腹產子，以減低因順產夭折的風險。」

　　翌日，有位孕婦新登記入院，她被安排睡在我旁邊的病床上，她上午進院，下午我們便開始聊起來了。原來她和我的情況一模一樣，也是妊娠出血，她的主診醫生對她下的醫囑和我的亦不遑多讓，必須臥床至臨盆一刻。

　　接下來的十日，直至我終告流產當天，我和她談過天地南北，當看到手機上有趣的新聞怪事，會互通有無。短期內我們成為要好的朋友，並約好出院後，各自由老公陪同，來彼此家中互訪、外出吃喝，甚至於放長假時計劃到內地遊玩。

　　到了我進院後的第十天，下腹忽然感覺劇痛，那時候我老公未及趕至，醫生便已安排我到手術室進行剖腹手術。當麻醉藥散退我甦醒過來，面前站著是我老公和產房醫生，醫生向我道歉說：「太太，對不起，我們已盡力了，你的兒子生下來便沒有心跳，這種情況在妊娠二百日以上甚為少見的。」

　　因這次小產，我回到家中後，反反覆覆不知哭過多少遍，幸得老公和奶奶的安慰，這數星期的困難日子終於過去。

當我完全平復下來，有一天那同病相憐的同院孕婦打電話給我問好，據說她剖腹手術非常成功，並得一子。

　　自我們再度聯繫上，我定時定候到她家去造訪，每次看到她兒子的時候，我總覺得他和別的小孩子不一樣。她的兒子並不活潑，沈默不語，長時間面向著牆角，她媽媽屢叫他不認，要他吃飯難過拉牛上樹。

　　我畢竟是個全職家庭主婦，老公因事忙一星期內有三四天不回家吃飯，弄得我整天沒事好做。這三年五載每當在家悶得發慌的時候，我總會坐車到好朋友家造訪，在我眼裡，她的兒子無論在身心智力上均毫無寸進，我只感覺他表面正常，長期面壁不發一言，極可能是腦部發育出現了問題。

　　我對好朋友說：「你的兒子已到了上幼稚園的年紀了，為什麼你終日困他在家？也許給他轉換個新環境，和其他小朋友玩在一起，他會開朗起來？」

　　好朋友臉帶哀愁，她說：「他是要上學，卻不是上什麼幼稚園，而是特殊學校，那些專門收錄學習遲緩，有輕度弱智的，行為有偏差的，甚至乎過度活躍的小孩子。」

　　我聽了感覺詫異，說：「你的兒子除了內向一點，他看起來沒有這些問題的啊！」

　　好朋友說：「兩個月前，他被兒童心理學家診斷為罹患自閉症，這種先天性缺陷是終身不移的。」

　　我不禁嘆息，隨便安慰了好朋友一下，便告辭了。

　　我將大門關上，獨自走在大街上，想起五年前我們同為院友，際遇卻是天與地比。小產那傷痛的經歷至今還縈繞於心，當想起好朋友竟生了個自閉兒，我心裡暗喜，幸災樂禍起來，並打從心底噴一聲笑了出來。🐾

《婆衝》

　　香港地人多路窄，人口居住密度位居世界前列，擠迫的生活狀況催谷樓價只升不跌，就像我這樣的中年人對種種因高密度人口衍生出的社會問題早已司空見慣，身住津助房屋不受高地價政策影響，我是少數幸運兒反而生於斯樂於斯。

　　在香港無論你往哪裡去，大道小路上的遊人絡繹不絕，你想趕往目的地的話，只要你加快腳步前往，浸浸人群在你前面必會擋你去路。

休憩公園本來就少且細，樹蔭下、噴泉旁好乘涼的有利位置自然早被人群佔據著。名氣大一點的茶居、茶餐廳人流如鯽，善男信女想為父母找個喫茶空桌享受一下天倫之樂，往往要拿個號碼籌排條長龍。生活在香港，我們香港人面對著人多擁擠的場面必須調整心態，逆來順受。

人生免不了身體出現緊急狀況，看私家醫生划不來，到急症室求診，哪怕你病入膏肓痛得要死，只要不是呼吸困難或皮囊出血，輪到你向當值醫生問診時，恐怕已等過七八個小時之久。

這世上沒有免費午餐，即使是有，不要你出錢的飯餐比起一盤雞肋絕對更難吞嚥。居住在這樣的生活環境，香港人有如數量驚人的白老鼠，被鎖在不成比例的、細小狹窄的、上了不銹鋼板鎖的籠門之內。

「The Stronger, the Winner.」極端資本主義社會中，勝者為王，敗者為寇。有錢便有勢，所得的空間和資源亦會多。哪怕你多才多藝、氣宇不凡，要在充滿競爭的香港社會立足，唯有卑躬屈膝，在金錢樹面前下跪。

香港每四人便有一個六十五歲以上，我這種五十出頭的人叫做中青。平日走在大街小巷上，最怕的是遇上七十五歲以上的高齡人士。我不嫌老棄老，因為人人皆會年老，可是在我心中，銀髮族雖已一把年紀，受社會氣氛影響當遇上蠅頭小利，利益攸關，內心卻不甘落後於比他們年輕力壯的大部分人。

老年人世界各地滿目皆是，能比土生土長的香港老年人跑得快的，我敢寫包單絕無僅有。當地下鐵門打開，老年人會閃身搶位子坐；什麼好處甜頭要排個隊稍作等候方能獲得的，必定有老人家的份兒。百貨公司大割引，自助餐放題，熱葷甫從廚房端出來，他們總是當仁不讓，為善不甘後人。

公公婆婆有兒有女、有孫有室的，該不愁衣食住行，偏偏便宜通街有，不甘亞於人，「婆衝」之事到處都有，無日無之。

有日我往超市購物，遠遠看到糧油乾貨的層架旁邊，一群七旬銀髮人士好像在搶什麼似的，原來是午餐肉豆豉鯪魚半價有售。人群中，我發現住我家隔壁的婆婆蹣跚地將一籃罐頭移師至收銀台。

　　我問鄰居婆婆：「這裡二十多個罐頭你一個人吃得下嗎？」

　　婆婆說：「吃不下也得買，不買便吃虧了。」

　　我仗義替婆婆將重達十多公斤的罐頭扛在肩膊上，順道送她回家，方便將物品卸下。當她打開門時，她家中的奇景教我目不暇給。原來她有隨處拾荒的習慣，無數老人家用不著的塑膠物品、木材廢料堆積如山。

　　婆婆尷尷尬尬地對我說：「人老了心態上自然惜財惜物，我到處拾荒，因為我不喜歡別人貿然浪費。」

　　我說：「隨處撿拾就叫做惜物？一屋垃圾就是不喜浪費？這不是歪理是什麼啊！」

　　婆婆推搪說：「不拾了，以後不拾了！」 🌀

《媽媽不辛苦》

還記得小時候我家家暴連連，父母一言不合，動輒便吵罵打架。

全因為我爸爸性情古怪偏激，又極難相處，他在外頭打工無法與人和諧共處，不是知難而退便是被人開除，從來未見他有份工作可做超過三個月。

他在外頭頭碰著黑，回到家中便拿媽媽和我出氣。我們只好沈著忍耐，一直到了我十二歲的時候，他因為水龍頭關得不緊如此雞毛蒜皮的小事，竟出手打媽媽。

媽媽終於忍無可忍，翌日趁爸爸上班的時

候，偷偷帶我逃走，並投靠外祖父母家裡去，自當天開始，我和媽媽便一起過著相依為命的生活。

那時候我才十三歲，為了生活媽媽在外打工，她早出晚歸，剩我一人獨自徒步上學放學。每當回到家裡除了做功課之外，我幾乎什麼家務都會主動去做，洗衣服、掃地拖地、切肉炒菜，遇上水電等家居設備日久要維修，倘若功夫不太複雜的話，我也可一手包辦。

中學六年對我來說，是必經階段卻又異常地漫長，我的學業成績和其他同學相比算是中上，可是我為著早點出社會工作，感覺相當焦急。畢竟媽媽母兼父職主內又主外，她一人工作兩人吃飯，我見她勞碌辛苦一日，作為兒子的我，內心便難過一日。

我還是個中學生，離中學畢業還有三年時間，前路雖然漫長，我唯有面對現實，用學業成績去讓媽媽知道，她奔波勞碌為我付出之餘，我實在沒有半點怠惰，亦同樣努力不懈，從未辜負她的寄望。

有一晚我對媽媽說：「媽媽，以後逢測驗考試，我要取得班中頭三甲的成績來報答你。」

媽媽聽了點頭不說。

我對媽媽的承諾沒有如期兌現，經過了兩次期考和無數次測驗，我取得三甲成績，就只有兩次之多。其餘考測的成績，來來去去不是頭十名之內，便是只能達到班中中游位置。

　　其實我已經很努力了，也許班中名列前茅的幾個同學，他們家境比較富裕，都請了補習老師惡補操練，反觀我家屬貧困，讀書從來單打獨鬥，沒有名師指點，憑我死讀爛讀，試問憑什麼可與其他同學較量？

　　今天晚上，媽媽下班早，見我拿了毛巾水桶抹窗的時候，便對我說：「仔，你多花時間溫習做功課好了，這些家務讓媽媽來做吧。」

　　我從書桌上取了成績表給媽媽看：「媽媽，今年三甲不入，只能考個第五！」

　　媽媽說：「仔，你成績斐然啊！你在媽媽心中永遠是個第一的好學生。」

　　我一直覺得媽媽在外頭工作辛苦，收入微薄，內心那種想一下子扭轉局面的想法湧上心頭，我有感而發地對媽媽說：「媽媽，我今年十六歲了，可馬上輟學出來社會做事，錢賺多賺少不在話下，最重要是能減輕你的

負擔便好了。」

　　媽媽不急不緩地說：「仔，媽媽知你孝順，就讓我告訴你吧。你常常覺得我工作辛苦，你有這種想法純粹是一種幻想。其實工作這回事只能說是苦樂參半，工作不純粹是辛苦，我從工作中學到很多東西，獲得很大的滿足感，賺回來的錢又可應付家中各項開支。」

　　「想當初我帶你離開你爸爸的時候，沒錯，我確實有種前路茫茫、患得患失的感覺，可是不久後當我投入工作了，我開始明白到這世上沒有任何人可獲豁免而不用工作，神職人員如是，學者專家、賢達貴胄也如是。」

　　「工作對任何人來說是無可避免，反而是理所當然。任何人肯做，便自然地換來生計，即使有時候我們面對著挑戰會不置可否，缺乏信心做得好做得到，可是這幾年來，我領悟到只要付出便自然有所收獲。」

　　「像你爸爸那樣不知所謂，得罪人多、稱呼人少的人，上天姑且給他吃飽穿暖，我們堂堂正正好人一個，要面對工作又有何難，又有什麼難關是跨不過的？你還是安心讀書吧，讀得越高越好，不要胡思亂想啦！」

《拾遺》

　　世上存在著許多宗教信仰，以耶、佛、回信眾最多，教義最完整，影響人類至深。那裡亦有數之不盡的婆娑枝節的地域性宗教，它們的追隨者屬局部散群，教義空洞粗疏，甚介乎於導人迷信、瞎拜勸捐居多。

　　憑淺察可見，宗教徒當中不少善男信女，他們向天向神祈求所唸的禱文，好像只是重複著一些相同的片言隻語。

　　當有人跪下來叩頭合十，又朝著人形高像或貌似動物神獸之類祈福，禱詞卻是空空洞洞、言無一物。像這樣的禱告必無意義，亦無

與上天相接感應的任何作用，信眾所花的敬虔心力全是徒然。拜得神多自有神庇佑，當敬拜方式套用在機械式的言行上，便是盲目、愚不可，它無異於對著一尊金雕玉砌的空心偶像吹出空氣。

假如你對耶教有過深入的了解，你必定會聽說過，耶穌親自教導門徒們如何向全能上帝禱告。

耶穌的禱文叫《主禱文》，祂認為作為信徒就諸事祈求上帝，決不應該超越《主禱文》所涵蓋的範圍，因為按著主禱文的內容禱告，人必定有求必應，所得到的亦必定足夠。

《主禱文》內載寥寥幾句觸動人心的說話：

我們的天父，

願你的名受顯揚，

願你的國來臨，

願你的旨意奉行在人間，如同在天上，

求你今天賜給我們日用的食糧，

求你寬恕我們的罪過，

如同我們寬恕別人一樣，

不要讓我們陷於誘惑，

但救我們免於凶惡。

阿門（阿門是確實如此的意思）

單看《主禱文》中一句「求你今天賜給我們日用的食糧。」作進一步詮釋：食糧為上天所賜予，假如我吃不飽，喝不止渴，我們迫不得已唯有去偷去搶以延續性命。

我信上帝，上帝即是聖靈，亦是「道成肉身」的耶穌基督，我不想偷不想搶，不想做賊決不為強盜。若我拮据到一個地步，要為生存所需作盜賊去偷搶，我的行為便褻瀆了上天神明。可是我無法不偷不搶，因為要是我活生生餓死了，我將經歷漫長而痛苦的飢渴折磨，然後可憐兮兮至躺平氣絕。

這意味著我曾活在世上的日子意義全無，上天曾賜我生命予我價值的原意，極盡諷刺地會被徹底違背。所以我作為上帝的信徒、祂的子民，祂必按著我的祈求，賜給我生命，賞給我今天日用的食糧。

我活至今時今日，就算是窮到現在，但我未嘗有過一天吃不飽足，喝不止渴。我從來沒有想過偷人什麼東西，搶人什麼財物，因為我今天不止是飽足，我所擁有的反而遠超過足夠。

不貪不謀，我信上天自有眷顧安排，我這信念固有，亦終身不移。我都一把年紀了，活著並不再是求飽足如此切身基本，我的人生還存在著許多追求。

當我深想，我內心之懸念，未遂的追求，它們和金錢物質畢竟並無關係，我一直想要的人生，是充分實現我獨一無二、與生俱來、醞釀多時的內涵和價值，我希望藉著實現自身價值的宏願，最終會像一盞油燈一樣，可照亮自己之餘，還要照亮別人。

我平常出入不是搭地下鐵便是坐巴士，除非遇上特殊情況：趕時間、路不熟或者工作疲累透支又找不到公共交通工具，否則我絕少打的。

今天上午我應邀前赴一個重要的工作面試，這趟是第三回我有幸被安排親見公司高管。上兩次我過關斬將，今次再能順利通過的話，我想必獲聘用。

我刻意提早出門，可是掛一漏萬，最重要的學歷證明竟沒帶上，當我折返家中重新上路時，看看手錶發現時間已相當緊迫了。記憶中今年來我從未坐過的士，為求力保不失，我登上恰巧駛過的空載的士，甫上車便駭見後座上躺著一個脹卜卜的女裝錢包。

錢包躺著的位置是駕駛座的盲點，憑直覺我肯定司機毫不知情。當下心撲撲在跳，我戰戰兢兢將錢包順手牽來，發現裡面竟放著上十張千元港幣大鈔，和大量信用卡與證件。

　　違背良心，有辱神明去拾遺、去奪人所有的內心掙扎只維持了半秒，此刻我再不純潔，我急不可耐地將大拿拿一萬元現金從女裝錢包抽出，在沒被司機注意到的千鈞一髮之際轉至我的錢包中。

　　這短暫的車中片刻，我滿頭大汗，顯得非常忙碌，幾乎忘記了將赴的重要面試。我攪下車窗，靈巧地將對我毫無價值的女裝錢包和證件照片一併扔至窗外。☯

作者：	薛穎言
攝影：	民富
編輯：	Margaret
設計：	4res
出版：	紅出版（青森文化）
	地址：香港灣仔道133號卓凌中心11樓
	出版計劃查詢電話：(852) 2540 7517
	電郵：editor@red-publish.com
	網址：http://www.red-publish.com
香港總經銷：	聯合新零售（香港）有限公司
台灣總經銷：	貿騰發賣股份有限公司
	地址：新北市中和區立德街136號6樓
	(886) 2-8227-5988
	http://www.namode.com
出版日期：	2023年5月
圖書分類：	文學／ 散文
ISBN：	978-988-8822-59-1
定價：	港幣99元正／ 新台幣400元正